हिन्द पॉकेट बुक्स

हिन्दी के लोकप्रिय ग़ज़लकार

गोपालदास नीरज हिन्दी साहित्यकार, शिक्षक एवं कवि सम्मेलनों के मंचों पर काव्य वाचक एवं फिल्मों के गीत लेखक थे। नीरज का जन्म 4 जनवरी 1925 को इटावा जिले के पुरावली गाँव में बाबू ब्रजकिशोर सक्सेना के यहाँ हुआ था। वे पहले व्यक्ति थे जिन्हें शिक्षा और साहित्य के क्षेत्र में भारत सरकार ने दो-दो बार सम्मानित किया, पहले पद्म श्री से, उसके बाद पद्म भूषण से। यही नहीं, फिल्मों में सर्वश्रेष्ठ गीत लेखन के लिये उन्हें लगातार तीन बार फिल्म फेयर पुरस्कार भी मिला। गोपालदास नीरज ने दिल्ली के एम्स में 19 जुलाई 2018 की शाम लगभग 8 बजे अन्तिम सांस ली।

हिन्दी के लोकप्रिय ग़ज़लकार

गोपालदास नीरज
अशोक अंजुम

हिन्द पॉकेट बुक्स
पेंगुइन रैंडम हाउस इम्प्रिंट

हिन्द पॉकेट बुक्स

यूएसए। कनाडा। यूके। आयरलैंड। ऑस्ट्रेलिया। सिंगापुर
न्यू ज़ीलैंड। भारत। दक्षिण अफ्रीका। चीन

हिन्द पॉकेट बुक्स, पेंगुइन रैंडम हाउस ग्रुप ऑफ़ कम्पनीज़ का हिस्सा है,
जिसका पता global.penguinrandomhouse.com पर मिलेगा

पेंगुइन रैंडम हाउस इंडिया प्रा. लि.,
चौथी मंजिल, कैपिटल टावर -1, एम जी रोड,
गुड़गांव 122 002, हरियाणा, भारत

पेंगुइन
रैंडम हाउस
इंडिया

प्रथम हिन्दी संस्करण हिन्द पॉकिट बुक्स द्वारा 2009 में प्रकाशित
यह हिन्दी संस्करण हिन्द पॉकिट बुक्स में पेंगुइन रैंडम हाउस द्वारा 2022 में प्रकाशित

10 9 8 7 6 5 4 3 2

इस पुस्तक में व्यक्त विचार लेखक के अपने हैं, जिनका यथासंभव तथ्यात्मक
सत्यापन किया गया है, और इस संबंध में प्रकाशक एवं सहयोगी
प्रकाशक किसी भी रूप में उत्तरदायी नहीं हैं।

ISBN 9789353495770

मुद्रकः रेप्रो इंडिया लिमिटेड

www.penguin.co.in

FSC www.fsc.org MIX Paper from responsible sources FSC® C047271

This is a legitimate digitally printed version of the book and therefore might not
have certain extra finishing on the cover.

भीतर के पृष्ठों में

ग़ज़ल : एक दृष्टि

रूप-रस-रंग की अत्यंत मनहरण सुगंध का नाम ग़ज़ल है। वो कविता से अधिक एक तहज़ीब, एक संस्कृति है। उर्दू काव्य की यह एक अत्यंत लोकप्रिय विधा है। अपनी सहजता, संक्षिप्तता तथा गेयता के कारण जनमानस का जितना प्यार ग़ज़ल को मिला है, उतना उर्दू की अन्य किसी काव्य-विधा को नहीं। धार्मिक मंचों और पीरों के मज़ारों से चलकर, राजाओं और नवाबों की महफ़िलों से गुज़रकर, चौराहों और सड़कों पर ठहरकर, तवायफों के कोठे तक का सफ़र इसने आज तक बड़ी सफलता के साथ तय किया है। अरब, ईरान, हिंदुस्तान, पाकिस्तान आदि जितने बड़े भूखंड में ग़ज़ल को लोकप्रियता मिली है, उसकी समता सिर्फ़ हिंदी का गीति-काव्य ही कर सकता है।

ग़ज़ल के शाब्दिक अर्थ के विषय में विद्वानों में बहुत मतभेद हैं। कुछेक के अनुसार ग़ज़ल का अर्थ है— महबूब से बातचीत करना अथवा महबूब के संबंध में बातचीत करना। कुछ लोग ग़ज़ल का संबंध ग़ज़ाला (हिरन) से जोड़ते हैं। पुराने ज़माने में हिरन को पकड़ने के लिए एक श्रृंगी नामक वाद्य यंत्र का प्रयोग किया जाता था और उसी अवस्था में बहेलिया उसे तीर मारकर ज़ख्मी कर दिया करता था। संगीत की मुग्धावस्था में तीर से घायल हिरन के हृदय से जो पीड़ा-भरी कराह निकलती है, उसी का नाम ग़ज़ल हैं इसीलिए ग़ज़ल में शायर के हृदय

का दर्द एक खास महत्व रखता है। कुछ विद्वानों के अनुसार ग़ज़ल का नामकरण अरब में रहने वाले 'ग़ज़ल' नामक एक व्यक्ति के नाम पर किया गया है। कहा जाता है कि इस व्यक्ति का स्वभाव बचपन से ही आशिकाना था और उसने अपनी सारी उम्र शराबनोशी और हुस्नपरस्ती में ही गुज़ारी थी। मुद्दतों चूंकि ग़ज़ल का वर्ण्य विषय जामो-मीना, गुलो-बुलबुल, शम्अ-परवाना तथा हुस्नो-इश्क रहा है, इसलिए तअज्जुब नहीं कि ग़ज़ल का संबंध इस ग़ज़ल नामक व्यक्ति से जुड़ गया हो। ग़ज़ल अरबी का शब्द है, जिसका अर्थ होता है कातना-बुनना और फ़ारसी में ग़ज़ल की परिभाषा है—"बाज़नान गुफ्तगू कर्दन" यानी औरतों से बातचीत करना। दोनों ही अर्थ ठीक मालूम पड़ते हैं। ग़ज़ल कहने में शायर को शब्दों के चुनाव में उतना ही सजग रहना पड़ता है, जितनी सजगता रेशम की कताई और बुनाई में बरतनी पड़ती है और चूंकि ग़ज़ल की आत्मा श्रृंगार रस है और श्रृंगार के स्थायी भाव रति का आलम्बन विभाव नारी ही होती है इसलिए फ़ारसी में ग़ज़ल का जो अर्थ 'बाज़नान गुफ्तगू कर्दन' किया गया है, वह उचित ही प्रतीत होता है। रस की बात या प्रेम की बात शब्दों की बजाय नेत्रों से ही ज़्यादा की जाती है, इसलिए ग़ज़ल शब्दों की नहीं संकेतों और इशारों की भाषा है। शास्त्रीय परिभाषा में ग़ज़ल में अभिधा के लिए स्थान नहीं वो व्यंग्यार्थ और ध्वनि का काव्य है।

शिल्प की दृष्टि से भिन्न-भिन्न तुकांतों (काफ़ियों) से युक्त, समान वज़न (स्वराघात) और सामान बहर (लय) में लिखे हुए भिन्न-भिन्न शेरों के समूह का नाम ग़ज़ल है। ग़ज़ल में शेरों की संख्या कितनी होनी चाहिए, इस संबंध में कोई

निश्चित नियम नहीं है। शेर, मतला, मक़ता और काफ़िया ग़ज़ल के ये चार आवश्यक अंग हैं। कुछ ग़ज़लों में रदीफ़ का भी प्रयोग होता है, लेकिन रदीफ़ उसका अनिवार्य अंग नहीं है क्योंकि रदीफ़ के बिना पहले भी ग़ज़लें लिखी गईं और आज भी लिखी जा रही हैं।

ग़ज़ल का इतिहास यद्यपि बहुत पुराना है किंतु भारत में ग़ज़ल का प्रवेश मुग़लों के प्रवेश के साथ-साथ हुआ। यद्यपि ख़िलजी वंश और तुग़लक वंश के दरबारों में भी ग़ज़लों का प्रचलन हो चुका था, लेकिन ग़ज़ल को भारतीय रंग में रंगने वाले सबसे पहले शायर अमीर ख़ुसरो हैं। ख़ुसरो ने फ़ारसी और तत्कालीन रेख़्ता को मिलाकर जो ग़ज़लें लिखी हैं वे एक अद्भुत सौंदर्य की सृष्टि करती हैं। उनके बाद शायद ही ऐसा कोई शायर हुआ हो जिसने इस प्रकार के सफल प्रयोग किए हों। उनकी एक प्रसिद्ध ग़ज़ल दृष्टव्य है—

जे हाले मिस्की मुकुन तगाफ़ुल
दुराए नैना बनाए बतियां,
किताबे हिजरां न दार मेज़ां,
न ले हो काये लगाय छतियां।

संभवतः ख़ुसरो से ही इस प्रकार के प्रयोगों की प्रेरणा कबीर को भी मिली हो। कबीर भी अपनी बात जन-जन तक पहुंचाने के लिए भाषा की सारी दीवारें तोड़कर अपनी साखियों और सबदों में हिंदी, उर्दू, फ़ारसी, राजस्थानी, पंजाबी, अवधी, ब्रजभाषा आदि अनेक भाषाओं के शब्दों का प्रयोग करते थे। उनके इस पद में ग़ज़ल के रंग के साथ-साथ भाषा के प्रयोग का भी रंग देखा जा सकता है—

हमन है इश्क़ मस्ताना हमन को होशियारी क्या

हमन आज़ाद है जग में हमन दुनिया से यारी क्या।

यद्यपि ग़ज़ल का जन्म अरब में हुआ था और उसे पाल-पोसकर बड़ा किया था ईरान ने, लेकिन हिंदुस्तान के सूफ़ी और संत कवियों ने उसे जन-जन के बीच में लोकप्रिय बनाया। हुमायूं से लेकर शाहजहां के काल तक ग़ज़ल खूब फलती-फूलती रही मगर औरंगजेब के काल में आकर उसका प्रवाह कुछ समय के लिए अवरुद्ध हो गया फिर भी दक्खिन के वली ने उत्तर में डेरा जमाकर ग़ज़ल को सजाने और संवारने का काम जारी रखा। औरंगज़ेब के बाद मोहम्मद शाह रंगीले और नवाब वाज़िद अली शाह के दरबारों में ग़ज़ल अपने पूरे यौवन के साथ विकसित हुई। इस दौर ने ही हमें मीर और ग़ालिब जैसे दो महान शायर दिए। मीर तक़ी मीर जहां अपनी भाषा की सादगी, शोखी और रूमानियत के लिए प्रसिद्ध हैं वहां ग़ालिब रूमानियत को एक हसीन बौद्धिकता प्रदान करने के लिए प्रसिद्ध हैं।

आधुनिक काल में डॉ. इक़बाल ने ग़ज़ल को एक सामाजिक चेतना प्रदान करके उसमें सांस्कृतिक तथा सामाजिक क्रांति की चिनगारी फूंकी और उसे एक बिल्कुल नया ही आयाम दिया। उनके बाद बीसवीं शताब्दी के पूर्वार्द्ध में जिन शायरों ने ग़ज़ल को नई छवि दी है उनमें फ़िराक, जोश और जिगर मील के पत्थर हैं। परंपरागत ग़ज़लों से हटकर उर्दू में आजकल जो नई ग़ज़ल लिखी जा रही हैं, उसके प्रेरक फैज़ अहमद फैज़, सरदार जाफ़री, मजाज़, साहिर लुधियानवी और कैफ़ी आज़मी हैं।

हिंदी में ग़ज़ल लिखने का प्रचलन यद्यपि भारतेंदु जी के समय से ही हो चुका था लेकिन ग़ज़ल को सही रूप में लोकप्रियता बलवीर सिंह रंग के ही कारण मिली थी। जब

रंग जी कवि सम्मेलनों और मुशायरों के मंच से अपनी धीर गंभीर वाणी में ग़ज़लों का पाठ करते थे, तो समस्त श्रोता समूह मंत्र-मुग्ध होकर उन्हें सुना करता था। छोटी-से-छोटी बहरों में लिखी हुई उनकी ग़ज़लें आज भी लोगों की जुबान पर चढ़ी हुई हैं। उनकी निम्नलिखित पंक्तियां मेरे कथन की पुष्टि करेंगी—

आबो दाना रहे, रहे न रहे
ये ज़माना रहे, रहे न रहे।
हमने गुलशन की ख़ैर मांगी है
आशियाना रहे, रहे न रहे।
रंग को अंजुमन से निस्बत है
आना-जाना रहे, रहे न रहे।

यद्यपि हिंदी में ग़ज़ल को प्रतिष्ठित करने में दुष्यंत कुमार का बहुत बड़ा योगदान है, लेकिन उनसे पूर्व ग़ज़ल को लोकप्रिय बनाने में जितना योगदान रंग जी का रहा है उसका किसी भी आलोचक ने नोटिस नहीं लिया। रंग जी बहुत सीधे-सादे आदमी थे। उन्होंने अपना सारा जीवन मस्त फ़कीरों की तरह से गुज़ारा वे न तो किसी राजनीतिक विचारधारा से, न किसी आलोचक से और न किसी पत्र-पत्रिका से जुड़े इसलिए हिंदी गीत और ग़ज़ल के क्षेत्र में जितना श्रेय उन्हें मिलना चाहिए था, उतना नहीं मिला। कुछ ऐसा ही पक्षपात रामावतार त्यागी के साथ भी हुआ। उनके दिवंगत होने की ख़बर तक बहुत से अख़बारों में नहीं छपी। यदि उनका सही मूल्यांकन हिंदी के आलोचकों ने किया होता तो वे स्वयं ही गौरवान्वित होते। ऐसी ही गुटबंदी और षड्यंत्र का शिकार गोपाल सिंह नेपाली भी हुए थे।

पिछले कुछ वर्षों से हिंदी और उर्दू के मिले-जुले मुशायरों और कवि-सम्मेलनों के आयोजनों का जो दौर आरंभ हुआ है उसके कारण दोनों भाषाओं की दूरी ही कम नहीं हुई है बल्कि गीत और ग़ज़ल भी एक-दूसरे के बहुत नज़दीक आने लगे हैं। उर्दू के अधिकांश शायर गीत और दोहे लिख रहे हैं और हिंदी के अधिकांश गीतकार ग़ज़लों का सृजन कर रहे हैं। आज जितनी संख्या में उर्दू में ग़ज़लें लिखी जा रही हैं उससे कम ग़ज़लें हिंदी में नहीं लिखी जा रहीं। जिस प्रकार उर्दू के नए शायर उर्दू ग़ज़ल में नए-नए प्रयोग कर रहे हैं उसी प्रकार हिंदी के कवि भी प्रयोगों की दृष्टि से उनसे पीछे नहीं हैं। कथ्य की दृष्टि से हिंदी ग़ज़ल आज उर्दू ग़ज़ल से भी आगे पहुंच रही है। जितनी सामाजिक चेतना आज हिंदी ग़ज़ल के पास है उतनी उर्दू ग़ज़ल के पास नहीं। साथ ही भारतीय दर्शन और भारतीय चिंतन (गीता, उपनिषद, द्वैत-अद्वैत) को जिस सुंदरता के साथ हिंदी ग़ज़ल प्रस्तुत कर रही है और आधुनिक होते हुए भी भारत की प्राचीन सांस्कृतिक परंपरा से जुड़ी है वो उर्दू ग़ज़ल के बस की बात नहीं। उर्दू में शायद एकमात्र कृष्ण बिहारी नूर ही ऐसे शायर हैं जो भारतीय चिंतनधारा के निकट हैं—

मैं उसकी मांग में सिंदूर दे के लौट आया
हमारे पिछले जनम का चुनाव ऐसा था।

अथवा

मैं एक क़तरा हूं लेकिन मेरा वजूद तो है
हुआ करे जो समंदर मेरी तलाश में है।
मैं देवता की तरह क़ैद अपने मंदिर में
वो मेरे जिस्म से बाहर मेरी तलाश में है।

हिंदी ग़ज़ल के क्षेत्र में जो नाम इन दिनों अत्यधिक चर्चित हैं इसकी एक लंबी शृंखला है। क्या संस्कृतनिष्ठ हिंदी में ग़ज़ल लिखना संभव है—इस प्रश्न पर यदि गंभीरता से विचार किया जाए तो मेरा उत्तर होगा—'नहीं।' हर भाषा का अपना स्वभाव और अपनी प्रकृति होती है। हर भाषा हर छंद विधान के लिए उपयुक्त नहीं होती। अंग्रेजी भाषा संसार की अत्यंत समृद्ध भाषा है, लेकिन जिस कुशलता के साथ इस भाषा में सॉनेट और ओड्स लिखे जा सकते हैं उतनी कुशलता के साथ हिंदी के गीत, घनाक्षरी, कवित्त, सवैए और दोहे नहीं लिखे जा सकते। इन छंदों का निर्माण तो उसमें किया जा सकता है लेकिन रस परिपाक संभव नहीं है। ब्रजभाषा और अवधी बड़ी ही लचीली भाषाएं हैं, इसलिए जिस सफलता के साथ इन भाषाओं में दोहे लिखे गए उस सफलता के साथ खड़ी बोली में नहीं लिखे जा सके। हिंदी भाषा की प्रकृति भारतीय लोक जीवन के अधिक निकट है, वो भारत के ग्रामों, खेतों-खलिहानों में, पनघटों-बंसीवटों में पलकर बड़ी हुई है। उसमें देश की मिट्टी की सुगंध है। ग़ज़ल शहरी सभ्यता के साथ बड़ी हुई है। भारत में मुग़लों के आगमन के बाद हिंदी अपनी रक्षा के लिए गांव में जाकर रहने लगी थी जब उर्दू मुग़लों के हरमों, दरबारों और देश के बड़े-बड़े शहरों में अपने पैर जमा रही थी। वो हिंदी को भी अपने रंग में ढालती रही, इसलिए यहां के बड़े-बड़े नगरों में जो संस्कृति उभरकर आई उसकी प्रकृति न तो शुद्ध हिंदी की ही है और न उर्दू की ही। यह एक प्रकार की खिचड़ी संस्कृति है। ग़ज़ल इसी संस्कृति की प्रतिनिधि काव्य विधा है। लगभग सात सौ वर्षों से यही संस्कृति नागरिक सभ्यता का संस्कार बनती रही। शताब्दियों

से जिन मुहावरों और शब्दों का प्रयोग इस संस्कृति ने किया है ग़ज़ल उन्हीं में अपने को अभिव्यक्त करती रही। अपने रोज़मर्रा के जीवन में भी हम ज़्यादातर इन्हीं शब्दों और मुहावरों का प्रयोग करते हैं। हम बच्चों को हिंदी भी उर्दू के माध्यम से ही पढ़ाते हैं प्रभात का अर्थ सुबह, संध्या का अर्थ शाम, लेखनी का अर्थ क़लम बतलाते हैं। कालांतर में उर्दू के यही पर्याय मुहावरे बनकर हमारा संस्कार बन जाते हैं। सुबह-शाम मिलकर मन में जो बिंब प्रस्तुत करते हैं वो प्रभात और संध्या मिलकर नहीं कर पाते। ग़ज़ल न तो प्रकृति की कविता है न अध्यात्म की। वो हमारे उसी जीवन की कविता है जिसे हम सचमुच जीते हैं। ग़ज़ल ने भाषा को जितना अधिक सहज और गद्यमय बनाया है कि उसकी ज़बान में हम बाज़ार से सब्जी भी खरीद सकते हैं। घर, बाहर, दफ्तर, कालिज, हाट, बाज़ार में ग़ज़ल की भाषा से काम चलाया जा सकता है। हमारी हिंदी भाषा और विशेष रूप से हिंदी खड़ी बोली का दोष यह है कि हम बातचीत में जिस भाषा और जिस लहज़े का प्रयोग करते हैं उसी का प्रयोग कविता में नहीं करते। हमारे जीने की भाषा दूसरी है और कविता की भाषा दूसरी है, इसीलिए उर्दू का शेर जहां कान में पड़ते ही ज़बान पर चढ़ जाता है वहां हमारी हिंदी कविता याद करने पर भी याद नहीं हो पाती। यदि शुद्ध हिंदी में हमें ग़ज़ल लिखनी ही है तो हमें हिंदी का वो स्वरूप तैयार करना होगा जो दैनिक जीवन की भाषा और कविता की भाषा की दूरी मिटा सके। शिल्प की दृष्टि से मतला, मक़ता, शेर, रदीफ़, काफ़िया आदि सबको हिंदी ग़ज़ल में सफलतापूर्वक निभाया जा सकता है लेकिन शेरियत अथवा तग़ज़्ज़ुल जो ग़ज़ल की आत्मा है वो उसमें नहीं

उतर सकती। कुछ लोगों ने शुद्ध हिंदी में ग़ज़ल लिखने की कोशिश की है लेकिन वो दो-दो पंक्तियों की सुंदर तुकबंदी से ज़्यादा और कुछ नहीं है। हिंदी में उन्हीं कवियों को सफलता मिली है जिन्होंने अपनी ग़ज़ल बातचीत के मुहावरे में लिखी है।

हिंदी भाषा के पास ग़ज़ल का कोई पर्यायवाची शब्द नहीं है। अनेक कवियों ने उसके लिए भिन्न-भिन्न नाम प्रचारित करने के प्रयास किए हैं, लेकिन अभी तक किसी भी एक नाम को साहित्यिक स्वीकृति प्राप्त नहीं हो सकी है। हिंदी में पिछले पांच-छह वर्षों से ग़ज़ल बहुत अधिक लिखी जा रही है और बहुत लोकप्रिय भी हो रही है, मगर हिंदी के अधिकांश कवि चूंकि मात्रिक छंदों का ही प्रयोग करते रहे हैं और वज़न, यानी स्वराघात से अच्छी तरह परिचित नहीं हैं, इसलिए उनकी अधिकांश ग़ज़लें बहर से खारिज होती हैं। ग़ज़ल के छंद विधान की सही जानकारी किए बिना जो ग़ज़लें लिखी जा रही हैं और जो हिंदी की प्रतिष्ठित पत्र-पत्रिकाओं में छपती भी हैं वे उर्दू के विद्वानों और पाठकों के बीच सिर्फ़ हास्यास्पद ही बनती हैं। सही मायनों में उन्हें ग़ज़ल के नाम से नहीं पुकारा जाना चाहिए। यदि हम सही बहर और सही वज़न में ग़ज़ल लिखना ही चाहते हैं तो हमें मात्रिक छंदों के साथ-साथ संस्कृत के वार्णिक छंदों का अभ्यास करना होगा।

मेरे इस संकलन में ऐसी काफी ग़ज़लें हैं जो उर्दू ग़ज़ल के छंद विधान पर सही उतरती हैं, मगर साथ ही कुछ ऐसी ग़ज़लें हैं जो गीत के छंद विधान के अधिक निकट हैं ये शुद्ध रूप में न तो गीत ही हैं न ग़ज़ल ही। बल्कि दोनों की मिली-जुली संगत हैं। इसलिए मैंने उन्हें गीतिका कहा है। शेर दो पंक्तियों

की रचना है। उसे यदि द्वपदिका या द्विपदी कहा जाए तो ग़लत नहीं होगा। 'मतला' का अर्थ होता है किसी विषय का उदय होना अथवा आरंभ होना। अतः मैंने उसे 'आरंभिका' नाम दिया है। 'मक़ता' का अर्थ है काटना अथवा समाप्त होना। इसलिए उसे मैंने 'अंतिका' कहकर पुकारा है। गीतिका (ग़ज़ल), द्विपदी अथवा द्विपदिका (शेर), मतला (आरंभिका), मकता (अंतिका) ये चार शब्द मैंने हिसाब से गढ़े हैं। रदीफ़ के लिए मैंने 'समांतिका' नाम दिया है। बहुत संभव है कि आगामी वर्षों में हिंदी ग़ज़ल के क्षेत्र में इन शब्दों का प्रयोग होने लगे।

—नीरज

जनकपुरी, मोरिस नगर,
अलीगढ़—202001
मोबाइल—9412671777

कुछ यूं भी...

आदरणीय नीरज जी के साथ प्रस्तुत पुस्तक 'हिंदी के लोकप्रिय ग़ज़लकार' की योजना बनी। कई बार बैठकर नाम तय किए—कतिपय कारणों से नामों में बदलाव भी हुआ और तब संकलित बारह ग़ज़लकार सामने आए।...यूं पूरे ग़ज़ल-फ़लक पर नज़र डालें तो लोकप्रिय ग़ज़लकारों की लंबी सूची है, तब प्रस्तुत बारह ग़ज़लकारों को ही केवल लोकप्रिय कह देना तो उचित नहीं, लेकिन ये खूब-खूब लोकप्रिय हैं इसमें भी संदेह नहीं और इन ग़ज़लकारों को लोकप्रिय बनाती है इनकी परिवेश के प्रति सजगता। प्रस्तुत सभी ग़ज़लकार प्रकाशन (पत्र-पत्रिकाएं, पुस्तकें) से लेकर मंच, टी.वी. चैनल्स आदि हर एक माध्यम के द्वारा साहित्य जगत में अपनी उपस्थिति दर्ज़ कराते रहे हैं। जहां ग़ज़ल गायकों ने इनकी ग़ज़लें गाकर वाहवाही पाई है, वहीं इन्होंने अपनी शायरी की छाप फ़िल्म-जगत में भी छोड़ी है-छोड़ रहे हैं। तब लोकप्रियता का और क्या पैमाना हो?

ग़ज़ल आज हिंदी साहित्य की एक बहुश्रुत, बहुपठित विधा बन चली है, इसमें दो राय नहीं। ग़ज़ल क्या साहित्य की कोई भी विधा उस स्थिति में अधिक लोगों तक पहुंचती है जब पढ़ने-सुनने वालों को यह लगे कि इस रचना में तो उसके अपने ही जीवन का अक्स है, इसमें तो उसके अपने ही सुख-दुख पिरोए गए हैं। वह रचना जो लोगों के घावों को

सहलाए और अंधेरे में रोशनी का काम करे, जीवन-जगत् के विभिन्न क्षणों में जिसे उदाहरण की तरह प्रस्तुत किया जा सके, उसे फिर लोकप्रिय होने से भला कौन रोक सकता है? कबीर, रहीम, तुलसी, मीर-ग़ालिब से लेकर दुष्यंत कुमार आदि तक सभी आज इसी ख़ासियत के कारण तो जीवित हैं। हिंदी ग़ज़ल भी आज इन सभी गुणों को साथ लेकर चल रही है, इसने सर्वहारा वर्ग की चिंताओं को जबसे अपने अशआरो में पिरोया है तब से लोगों ने इसे खूब मान दिया है और आज इसके घोर विरोधी भी इसकी खूबियों का लोहा मान रहे हैं। खैर...हिंदी के लोकप्रिय ग़ज़लकारों को एक मंच पर लाने का यह प्रयास कहां तक सफल हुआ है—आप बताएं।

—अशोक अंजुम

ट्रक गेट, कासिमपुर-202127
अलीगढ़ (उ.प्र.)
मोबाइल—935821890

अदम गोंडवी

मूल नाम	:	रामनाथ सिंह
जन्म	:	22 अक्टूबर, 1948 (आटा परसपुर, गोण्डा)
शिक्षा	:	प्राइमरी
प्रकाशन	:	दो ग़ज़ल-संग्रह प्रकाशित। साथ ही तमाम समवेत प्रतिनिधि संकलनों के साथ देश-भर की पत्र-पत्रिकाओं में रचनाएं प्रकाशित।
सम्मान	:	दुष्यंत कुमार अलंकरण के साथ ही अनेक संस्थाओं द्वारा सम्मानित, पुरस्कृत।
संपर्क	:	आटा-परसपुर, गोण्डा (उ.प्र.)
मोबाइल	:	09453674103

जो उलझ कर रह गई है फाइलों के जाल में
गांव तक वो रोशनी आएगी कितने साल में ।

बूढ़ा बरगद साक्षी है किस तरह से खो गई
रमसुधी की झोंपड़ी सरपंच की चौपाल में।

खेत जो सीलिंग के थे सब चक में शामिल हो गए
हमको पट्टे की सनद मिलती भी है तो ताल में।

जिसकी क़ीमत कुछ न हो इस भीड़ के माहौल में
ऐसा सिक्का ढालना क्या जिस्म की टकसाल में।

काजू भुनी प्लेट में व्हिस्की गिलास में
उतरा है रामराज विधायक निवास में।

पक्के समाजवादी हैं तस्कर हों या डकैत
इतना असर है खादी के उजले लिबास में।

आज़ादी का वो जश्न मनाए तो किस तरह
जो आ गए फुटपाथ पर घर की तलाश में।

पैसे से आप चाहें तो सरकार गिरा दें
संसद बदल गई है यहां की नखास में।

जनता के पास एक ही चारा है बग़ावत
यह बात कह रहा हूं मैं होशोहवास में...।

गर चंद तवारीखी तहरीर बदल दोगे
क्या इससे किसी क़ौम की तक़दीर बदल दोगे।

जो अक्स उभरता है रसखान की नज़्मों में
क्या कृष्ण की वो मोहक तस्वीर बदल दोगे।

क्या सच है देसमुख के कहने से विशेषज्ञों
मुमताज़ के ख़्वाबों की ताबीर बदल दोगे।

तारीख़ बताती है तुम भी तो लुटेरे हो
क्या द्रविड़ों से छीनी जागीर बदल दोगे।

जायस से वो हिंदी की दरिया जो बहके आई
मोड़ोगे उसकी धारा या नीर बदल दोगे।

किसको उम्मीद थी, जब रोशनी जवां होगी
कल के बदनाम अंधेरों पे मेहरबां होगी।

शहर-शहर में मुख़्तलिफ़ ज़ुबान के झगड़े
मुझको लगता है नई नस्ल बेज़ुबां होंगी।

खिले हैं फूल कटी छातियों की धरती पर
फिर मेरे गीत में मासूमियत कहां होगी।

आप आएं तो कभी गांव की चौपालों में
मैं रहूं या न रहूं भूख मेजबां होगी।

बकौल डार्विन बुज़दिल ही मारे जाएंगे
सरकशी यूं ही 'अदम' मीरे-कारवां होगी।

जो घर में ठंडे चूल्हे पर फ़क़त खाली पतीली है
बताओ कैसे लिख दूं धूप फागुन की नशीली है।

भटकती है हमारे गांव में गूंगी भिखारिन-सी
ये सुबहे-फरवरी बीमार पत्नी से भी पीली है।

बग़ावत के कमल खिलते हैं दिल की सूखी दरिया में
मैं जब भी देखता हूं आंख बच्चों की पनीली है।

सुलगते जिस्म की गर्मी का फिर अहसास हो कैसे
मुहब्बत की कहानी अब जली माचिस की तीली है।

उमर की कोरी चादर कब तलक दागी नहीं होती,
कहीं यादों के धब्बे हैं, कहीं अश्कों से गीली है।

ज़ुल्फ अंगड़ाई तबस्सुम चांद आईना गुलाब
भुखमरी के मोर्चे पर ढल गया इनका शबाब।

पेट के भूगोल में उलझा हुआ है आदमी
इस अहद में किसको फ़ुर्सत है पढ़े दिल की किताब।

इक सदी की तिश्नगी का जख़्म होठों पर लिए
बेयक़ीनी के सफ़र में ज़िंदगी है इक अजाब।

डाल पर मज़हब की पैहम खिल रहे दंगों के फूल
सभ्यता रजनीश के हम्माम में है बेनक़ाब।

चार दिन फुटपाथ के साए में रहकर देखिए
डूबना आसान है आंखों के सागर में जनाब।

भूख के अहसास को शेरो-सुखन तक ले चलो
या अदब को मुफ़लिसों की अंजुमन तक ले चलो।

जो ग़ज़ल माशूक के जल्वों से वाक़िफ़ हो गई
उसको अब बेवा के माथे की शिकन तक ले चलो।

मुझको नज़्मों ज़ब्त की तालीम देना बाद में
पहले अपनी रहबरी को आचरन तक ले चलो।

गंगाजल अब बुर्जुआ तहज़ीब की पहचान है
तिश्नगी को वोदका के आचमन तक ले चलो।

खुद को ज़ख़्मी कर रहे हैं ग़ैर के धोखे में लोग,
इस शहर को रोशनी के बांकपन तक ले चलो।

सौ में सत्तर आदमी फिलहाल जब नाशाद है
दिल पे रख के हाथ कहिए देश क्या आज़ाद है।

कोठियों से मुल्क के मेआर को मत आंकिए
असली हिंदुस्तान तो फुटपाथ पे आबाद है।

जिस शहर में मुंतज़िम अंधे हों जल्वागाह के
उस शहर में रोशनी की बात बेबुनियाद है।

ये नई पीढ़ी पे आयद है वही जज्मेंट दे
फलसफ़ा गांधी का मौजूं है कि नक्सलवाद है।

ये ग़ज़ल मरहूम मंटो की नज़र है दोस्तों
जिसके अफ़साने में ठंडे गोस्त की रूदाद है।

अशोक अंजुम

जन्म	:	15 दिसंबर, 1966 26 सितंबर 1966 (काग़ज़ी)
संपादक	:	प्रयास (काव्य-त्रैमासिक)
कृतियां	:	'मेरी प्रिय ग़ज़लें', 'मुस्कानें हैं ऊपर-ऊपर', 'अशोक अंजुम की प्रतिनिधि ग़ज़लें', 'तुम्हारे लिए ग़ज़ल', 'जाल के अंदर जाल मियां' सभी ग़ज़ल संग्रह साथ ही 'भानुमति का पिटारा', 'खुल्लम खुल्ला', 'दुग्गी-चौके-छक्के', 'क्या करें कंट्रोल नहीं होता' सभी हास्य-व्यंग्य काव्य संग्रह, 'एक नदी प्यासी' (गीत संग्रह), 'पिया तुम्हारा गांव' (दोहा संग्रह) संग्रहों के साथ ही 10 हास्य-व्यंग्य काव्य संग्रह, 5 ग़ज़ल संग्रह, 6 दोहा संग्रह, तीन लघु-कथा संग्रह तथा 2 गीत संग्रहों का संपादन।
सम्मान-पुरस्कार	:	देश की दर्जनों संस्थाओं द्वारा विभिन्न सम्मानों के साथ मुलादेवी काव्य पुरस्कार, रज़ा हैदरी ग़ज़ल पुरस्कार, दुष्यंत कुमार

		ग़ज़ल पुरस्कार, परमेश्वर गोयल हास्य-व्यंग्य पुरस्कार आदि दर्जनों पुरस्कार।
	:	दूरदर्शन के विभिन्न चैनलों तथा आकाशवाणी के केंद्रों से प्रसारण।
संपर्क	:	'संवेदना', ट्रक गेट, कासिमपुर (पावर हाउस) अलीगढ़-202127
मोबाइल	:	09358218907

बड़ी मासूमियत से सादगी से बात करता है
मेरा क़िरदार जब भी ज़िंदगी से बात करता है।

बताया है किसी ने जल्द ही ये सूख जाएगी
तभी से मन मेरा घंटों नदी से बात करता है।

कभी जो तीरगी मन को हमारे घेर लेती है
तो उठके हौसला तब रोशनी से बात करता है।

नसीहत देर तक देती है मां उसको ज़माने की
कोई बच्चा कभी जो अजनबी से बात करता है।

मैं कोशिश तो बहुत करता हूं उसको जान लूं लेकिन
वो मिलने पर बड़ी कारीगरी से बात करता है।

शरारत देखती है शक्ल बचपन की उदासी से
ये बचपन जब कभी संजीदगी से बात करता है।

ज़िंदगानी धुआं-धुआं ही सही
ये कहानी धुआं-धुआं ही सही।

तेरी नज़रों की इनायत के बग़ैर
अब जवानी धुआं-धुआं ही सही।

कुछ तो बाक़ी है दरमियां अपने
आग-पानी धुआं-धुआं ही सही।

ये भी पाई है तेरी जानिब से
मेहरबानी धुआं-धुआं ही सही।

ये भी कुछ कम तो नहीं है 'अंजुम'
सचबयानी धुआं-धुआं ही सही।

तौबा-तौबा रामदुहाई अच्छा नहीं हुआ
घर की बात गली में आई अच्छा नहीं हुआ।

कितने पंछी गिरे ज़मीं पर उड़ना भूल गए
तुमने छत पर ली अंगड़ाई अच्छा नहीं हुआ।

वे तो औरों के घावों पर नमक छिड़कते हैं
उनको दिल की बात बताई अच्छा नहीं हुआ।

उनके फूल किताबें अपनी, ऐसा रिश्ता था
अब घायल हैं 'आखर' ढाई अच्छा नहीं हुआ।

तुम कहते थे साथ हमारा जनम-जनम का है
अब मैं और मेरी तनहाई अच्छा नहीं हुआ।

इक तो हम पर वैसे ही कुछ दर्द नहीं थे कम,
उस पर यादों की पुरवाई, अच्छा नहीं हुआ।

उनके दर्द व्यथाएं उनकी हमसे ज़्यादह थीं
हमने उनको ग़ज़ल सुनाई अच्छा नहीं हुआ।

वहां रिमझिम यहां भूचाल अच्छा।
हर इक ग़म का है इस्तक़बाल अच्छा।

तुम्हारे रेशमी वादों से दिलबर
तुम्हारे हाथ का रूमाल अच्छा।

जो बच्चा पूछता है क्या कहूं मैं
लगा क्यों पंछियों को जाल अच्छा।

सियासत दां के है पांवों में चक्कर
कभी दिल्ली कभी भोपाल अच्छा।

तुम्हारे शहर की बेबस नदी से
हमारे गांव का ये ताल अच्छा।

सदा बैरंग आते हैं लिफाफ़े,
वो लिखता है ख़तों में हाल अच्छा।

गुज़ारिश है यही दुनिया के मालिक
गुज़र जाए सभी का साल अच्छा।

तेरा-मेरा रिश्ता क्या
तूने अब तक सोचा क्या।

काग़ज़ भीगा अश्कों से
इससे ज़ियादा लिखता क्या।

हर मौसम में देखा है
जग है तुमसे अच्छा क्या।

सब रस्ते वीरान हुए
साथ किसी ने छोड़ा क्या।

वाकिफ़ हूं मैं सीरत से
अब सूरत पे पर्दा क्या।

हम-तुम चांद नदी कश्ती
सच होता हर सपना क्या।

खिड़कियों की साज़िशों से कुछ हवा की ढील से
झोंपड़ी जल ही न जाए देखना कन्दील से।

लग रहा है रहबरों के साथ ये भी हो गई
लाश निकली ही नहीं अर्सा हुआ इस झील से।

वर्दियां, सरगोशियां, आंखों में ये रंगीनियां
रेप का क़िस्सा सुनाए सुरसती तफ़सील से।

चंद छोटे से सही पर घाव देकर ही मरी
एक चिड़िया देर तक लड़ती रही जो चील से।

तू कचहरी की तरफ चल तो दिया पर सोच ले
फांस गर निकली तेरी निकलेगी प्यारे कील से।

सबको चुभती रही मेरी आवारगी
मुझमें सबसे भली मेरी आवारगी।

रंग सारे सजाकर विधाता ने तब
रफ़्ता-रफ़्ता रची मेरी आवारगी।

वक़्त ने यूं तो मुझसे बहुत कुछ लिया
जाने क्यों छोड़ दी मेरी आवारगी।

ज़ुल्मतें-ज़ुल्मतें हर तरह ज़ुल्मतें
चांदनी-चांदनी मेरी आवारगी।

ज़िंदगी की डगर में जो कांटे चुभे
बन गई मखमली मेरी आवारगी,

हादसों ने कसर कोई छोड़ी नहीं,
मेरी रहबर बनी मेरी आवारगी,

धूप में, धुंध में, तेज बरसात में
कब थमी, कब रुकी मेरी आवारगी

सभी रिश्तों से औ' दीवारो-दर से दूर रखता है
ये चक्कर पेट का कितनों को घर से दूर रखता है।

अगर बोलेंगे हम तो सारी जकड़न टूट जाएगी
वो हमको इसलिए ही इस हुनर से दूर रखता है।

कि मेरे सर पे है मां की दुआओं का घना साया,
यही अहसास मुझको हर इक डर से दूर रखता है।

वहां कुछ मज़हबी लोगों के फ़तवों की दुकानें हैं
वो अपने नौनिहालों को उधर से दूर रखता है।

ये मेरी परवरिश का ही कोई जिंदा करिश्मा है
जो मुझको तल्ख़ मौसम के असर से दूर रखता है।

कहीं ऐसा न हो, वैसा न हो जो सोचते रहते
ये उनका खौफ़ उनको हर सफ़र से दूर रखता है।

डॉ. कुंअर बेचैन

जन्म : 1 जुलाई, 1942
ग्राम-उमरी (मुरादाबाद) उ.प्र.

कृतियां : शामियाने कांच के, महावर इंतज़ारों का, रस्सियां पानी की, पत्थर की बांसुरी, दीवारों पर दस्तक, नाव बनता हुआ काग़ज़, आग पर क़ंदील, आंधियों में पेड़, आठ सुरों की बांसुरी, आंगन की अलगनी, तो सुबह हो, कोई आवाज़ देता है, आंधियो धीरे चलो, डॉ. कुंअर बेचैन की चुनी हुई ग़ज़लें, ख़ुशबू की लहरें सभी ग़ज़ल संग्रह, इन्हीं के साथ, नो गीत-नवगीत संग्रह, दो कविता संग्रह, पांचाली महाकाव्य, दो उपन्यास और ग़ज़ल का व्याकरण तथा बादलों का सफ़र (यात्रा वृतांत)

सी.डी./कैसेट : प्यार के छींटे, आहटें, ग़ज़ल कही, चांदनी
एलबम चार कदम

फ़िल्म : पहली नज़र, दस्तक, कोई आवाज़ देता है, ज़रा सी धूप के साथ, कोख, भविष्य-द फ्यूचर में गीत लेखन डेढ़ दर्जन से अधिक देशों की यात्राएं।

सम्मान-पुरस्कार	:	राष्ट्रपति ज्ञानी जैलसिंह तथा डॉ. शंकर दयाल शर्मा द्वारा राष्ट्रपति भवन में सम्मान के साथ देश-विदेश की 250 से अधिक संस्थाओं द्वारा सम्मान। परिवार पुरस्कार, हिंदी साहित्य अवार्ड, कबीर सम्मान, उ.प्र. हिंदी संस्थान का हिंदी गौरव सम्मान।
संपर्क	:	2 एफ-51, नेहरू नगर, गाजियाबाद (उत्तर-प्रदेश)
मोबाइल	:	09818379422
फोन	:	(0120) 2793057

तेरी हर बात चलकर यूं भी मेरे जी से आती है
कि जैसे याद की खुशबू किसी हिचकी से आती है।

बदन से तेरे आती है मुझे ऐ मां वही खुशबू
जो इक पूजा के दीपक में पिघलते घी से आती है।

कहां से और आएगी अक़ीदत की वो सच्चाई
जो झूठे बेर वाली सिरफिरी शबरी से आती है।

हजारों खुशबुएं दुनिया में हैं, पर उससे कमतर हैं
किसी भूखे को जो सिकती हुई रोटी से आती है।

ये माना आदमी में फूल जैसे रंग हैं लेकिन
'कुंअर' तहज़ीब की खुशबू मुहब्बत ही से आती है।

शोर की इस भीड़ में ख़ामोश तनहाई-सी तुम
ज़िंदगी है धूप, तो मदमस्त पुरवाई-सी तुम।

आज मैं बारिश में जब भीगा तो तुम ज़ाहिर हुईं
जाने कब से रह रही थी मुझमें अंगड़ाई-सी तुम।

चाहे महफ़िल में रहूं चाहे अकेले में रहूं
गूंजती रहती हो मुझमें शोख़ शहनाई-सी तुम।

लाओ वो तस्वीर जिसमें प्यार से बैठे हैं हम
मैं हूं कुछ सहमा हुआ-सा, और शरमाई-सी तुम।

मैं अगर मोती नहीं बनता तो क्या बनता 'कुंअर'
हो मेरे चारों तरफ़ सागर की गहराई-सी तुम।

और तो सब ठीक है, हां, एक यह उलझन भी है
वो जो मेरा दोस्त है, वो ही मेरा दुश्मन भी है।

अब ये हम पर है कि उसको कौन-सा हम नाम दें
ज़िंदगी जंगल भी है और ज़िंदगी मधुबन भी है।

आदमी भी गांव के घर की तरह है दोस्तों
उसमें दीवारें तो हैं ही, उसमें इक आंगन भी है।

तोतली बोली में बच्चों से मैं बोला तो लगा
चाहे कोई उम्र हो मुझमें कहीं बचपन भी है।

मेरा दिल भी एक नाजुक मुज़रिमा का हाथ है
हथकड़ी भी है 'कुंअर' उस पर, नया कंगन भी है।

होके मायूस न यूं शाम-से ढलते रहिए
ज़िंदगी भोर है सूरज से निकलते रहिए।

एक ही ठांव पे ठहरेंगे तो थक जाएंगे
धीरे-धीरे ही सही राह पै चलते रहिए।

आपको ऊंचे जो उठना है तो आंसू की तरह
दिल से आंखों की तरफ़ हंस के उछलते रहिए।

आपभी हंसते चिराग़ों-से रहेंगे रौशन
नेह मिल जाए तो इस नेह में जलते रहिए।

हैं जो अमरित तो किसी देवता के साथ रहें
हैं जो मदिरा तो मेरे जाम में ढलते रहिए।

गिरता है शाम को तो सुबह संभल जाता है
आप गिर जाएं तो सूरज से संभलते रहिए।

प्यार के सांचे से अच्छा नहीं सांचा कोई
मोम बनकर इसी सांचे में पिघलते रहिए।

दो-चार बार हम जो कभी हंस-हंसा लिए
सारे जहां ने हाथ में पत्थर उठा लिए।

रहते हमारे पास तो ये टूटते ज़रूर
अच्छा किया जो आपने सपने चुरा लिए।

चाहा था एक फूल ने तड़पें उसी के पास
हम ने खुशी से पांव में कांटे चुभा लिए।

सुख, जैसे बादलों में नहाती हों बिजलियां
दुख, बिजलियों की आग में बादल नहा लिए।

जब हो सकी न बात तो हमने यही किया
अपनी ग़ज़ल के शे'र कहीं गुनगुना लिए।

अब भी किसी दराज़ में मिल जाएंगे तुम्हें
वो ख़त जो तुमको दे न सके लिख-लिखा लिए।

सांचे में हमने और के ढलने नहीं दिया
दिल मोम का था फिर भी पिघलने नहीं दिया।

चेहरे को आज तक भी तेरा इंतज़ार है
हमने गुलाल और को मलने नहीं दिया।

हाथों को ओट देके जला लीं हथेलियां
ऐ शम्अ, तुझको हमने मचलने नहीं दिया।

सब चाहते थे दिल ये मेरा जानवर बने
मैंने ही उसको जिस्म बदलने नहीं दिया।

तेरे ही हाथ से वो जलेगा यही थी ज़िद
इस ज़िद ने इक चिराग़ को जलने नहीं दिया।

बाहर की ठोकरों से तो बचकर निकल गए
पांवों को अपनी मोच ने चलने नहीं दिया।

दिल पे मुश्किल है बहुत दिल की कहानी लिखना
जैसे बहते हुए पानी पै हो पानी लिखना।

कोई उलझन ही रही होगी जो वो भूल गया
मेरे हिस्से में कोई शाम सुहानी लिखना।

आते-जाते हुए मौसम से अलग रह के ज़रा
अब के ख़त में तो कोई बात पुरानी लिखना।

कुछ भी लिखने का हुनर तुझको अगर मिल जाए
इश्क़ को अश्कों के दरिया की रवानी लिखना।

इस इशारे को वो समझा तो मगर मुद्दत बाद
अपने हर ख़त में उसे रात की रानी लिखना।

साधकर फूलों से चेहरों पर निशाने कांच के
दे गए अनगिन खरोंचे दोस्ताने कांच के।

अब तो अपनी ही कोई आवाज़ सुनने के लिए
तोड़ते हैं लोग दिल, लेकर बहाने कांच के।

यह भरम लेकर कि यूं जुड़ जाएंगी यादें तेरी
जोड़ते रहते हैं हम टुकड़े पुराने कांच के।

अपने इन महलों-दुमहलों पर न करिएगा गुरूर
वक़्त-की ठोकर पे हैं ये आशियाने कांच के।

पत्थरों से क्या छुपाओगे उन्हें मालूम है
कब कहां किस-किसके घर में हैं ठिकाने कांच के।

हाथ से जैसे ही छूटे लड़खड़ा कर गिर पड़े
हमने देखे ये लड़कपन भी सयाने कांच के।

वो कभी हीरे की क़ीमत को नहीं छू पाएंगे
आप पर हों चाहे कितने ही ख़ज़ाने कांच के।

यूं चिलकती धूप में हम कुछ ज़ियादह ही जले
हैं हमारे सिर पै हरदम शामियाने कांच के।

डॉ. गिरिराजशरण अग्रवाल

जन्म : 14 जुलाई, 1944
संभल (मुरादाबाद)

प्रकाशन : ग़ज़ल, गीत, हास्य-व्यंग्य, कविता, कहानी, नाटक आदि की दर्जनों पुस्तकों के साथ ही सैकड़ों पुस्तकों का संपादन।

प्रधान संपादक : शोध दिशा

पुरस्कार-सम्मान : तुलसी पीठ द्वारा विद्यावारिधि, विक्रमशिला हिंदी विद्यापीठ द्वारा विद्यासागर पुरस्कार, श्रीमती रतन शर्मा बाल साहित्य पुरस्कार, राष्ट्रीय मानवाधिकार आयोग, दिल्ली (भारत सरकार) का प्रथम पुरस्कार, उ.प्र. हिंदी संस्थान का तीन बार अनुशंसा पुरस्कार, सूर पुरस्कार, राष्ट्रधर्म गौरव सम्मान।

संस्थान-संबद्धता : सचिव, हिंदी साहित्य निकेतन, बिजनौर पूर्व मंडलाध्यक्ष, रोटरी अंतर्राष्ट्रीय मंडल, मंत्री, जिला अपराध निरोधक कमेटी, बिजनौर, सदस्य, जिला मानवाधिकार समिति, बिजनौर, पूर्व सचिव, काका हाथरसी हास्य-पुरस्कार ट्रस्ट, हाथरस से सम्बद्ध।

पता : 16, साहित्य विहार, बिजनौर (उ.प्र.)
पिन कोड- 246701
मोबाइल : 09412712789

वैसे समझाऊं तुम्हें मेरी कहानी क्या है
अब मेरे पास गए युग की निशानी क्या है।

तुम मुझे भूल सकोगे ये नहीं है मुमकिन
भाप बनकर जो उड़े आंख का पानी क्या है।

एक जलता हुआ शोला मेरे अंदर रख दे
मुझको मालूम तो हो प्यास का पानी क्या है।

दूर तक एक ही तस्वीर नज़र आती है
अप्सरा क्या है, परीलोक की रानी क्या है।

खून से लिखके तुझे दूं तो खुले हाल मेरा
मुझसे मत पूछ मेरा हाल ज़बानी, क्या है।

चहेते हों कि हों चाहत के मारे, डूब जाते हैं
समय आता है जब सारे के सारे डूब जाते हैं।

लहू जब सूख जाता है तो ऐ आंखों के पानी सुन
उजाले फैलने लगते हैं तारे डूब जाते हैं।

यहां तूफां में रहना क्या, यहां लहरों की गिनती क्या
यहां तो नाव से पहले सहारे डूब जाते हैं।

मेरी बेचैन आंखों में कई संदेश हैं लेकिन
यहां तो अश्रुओं में नयन-तारे डूब जाते हैं।

नए अहसास लेकर मैं तुम्हारे पास आया था
पुरानी रुत में पर अहसास सारे डूब जाते हैं।

जिन्हें तुम आज तक भी अपनी चाहत में संजोए हो
ज़माने के भंवर में वो नज़ारे डूब जाते हैं।

सत्य को ईमान को पूछेगा कौन
हम जो हैं, शैतान को पूछेगा कौन।

आदमी को आदमी का डर हुआ
अब यहां मेहमान को पूछेगा कौन।

रोशनी के बीच में दीवार खींच
धूप की पहचान को पूछेगा कौन।

इस जगह रहना असंभव हो गया
मेरी तन्हा जान को पूछेगा कौन।

कौन-सी धरती पे आकर बस गया
सिरफिरे इंसान को पूछेगा कौन।

दर्द के सपने बुनेगी ज़िंदगी
प्यार के अरमान को पूछेगा कौन।

बीते दिनों का ध्यान में मेला लगा रहा
दिन-भर हमारे द्वार पे तांता लगा रहा।

तन्हाई में यह देख के सोचा किया बहुत
टहनी पे अब के एक ही पत्ता लगा रहा।

बच्चे बहुत चतुर थे कि धोखा न खा सके
बाहर मदारियों का तमाशा लगा रहा।

चिंगारियां भी राख से सहमी हुई लगीं
उनको भी जैसे मौत का खटका लगा रहा।

उसको हमारी बात पर विश्वास था मगर
हमको ही उसकी बात पर शक-सा लगा रहा।

मैं समय के बोझ से था बेख़बर चलता रहा
रात-दिन की बात क्या, बस उम्रभर चलता रहा।

ये हमारी ज़िंदगी का क्या अजब-सा मोड़ है
आदमी बैठे हुए भी बेसफ़र चलता रहा।

क्या ख़बर थी धूप उसकी रोशनी पी जाएगी
चांद उसकी ओर यूं तो रातभर चलता रहा।

मेरा अपना कोई रस्ता, कोई भी मंजिल न थी
मुझसे मत पूछो कि मैं किसकी डगर चलता रहा।

वो कहानी मेरे अंदर आज फिर ज़िंदा हुई
रस्ता-रस्ता मैं जिसे कल भूलकर चलता रहा।

तेरी यादें गुम हुईं मेरा निशां गुम हो गया
रात क्या आई कि सर से आस्मां गुम हो गया।

दूर तक बस्ती ही बस्ती, दूर तक आबादियां
कल यहां इक गांव था, जाने कहां गुम हो गया।

आने वाले रास्ते भटकाव हैं सबके लिए
तुम भी वहीं खो जाओगे, कल मैं जहां गुम हो गया।

देखते ही देखते जाती रही पहचान सब
ढूंढते ही ढूंढते तेरा मकां गुम हो गया।

यूं तो मैं बचकर निकल आया हूं अपने गांव से
सच तो यह है मेरा सब कुछ ही वहां गुम हो गया।

मुझसे अलग जो हो वो है रास्ता कहां
ठहरूं मैं अपने आप से भागा हुआ कहां।

पहचान रात-दिन की नहीं रह गई जहां
लोगों, चकित हूं मैं कि सबेरा हुआ कहां।

आंखों में अब भी ज्वार है, अंबर पे अब भी दीप
आंसू बहा कहां, अभी तारा गिरा कहां।

हर लम्हा मेरा रूप अलग, छवि अलग रही
मैं सोचता हूं वो मुझे पहचानता कहां।

बे-चेहरा लोग साथ थे, मैं जब जहां गया
सुन ऐ नगर की भीड़ मैं तन्हा हुआ कहां।

आग थी, आंसू भी थे, चंदा का टुकड़ा तुममें था
सोचता रहता हूं मैं, किस-किस का चेहरा तुममें था।

सारे अपने, सब पराए इक जगह एकत्र थे
मेरा अपना तुममें था, मुझसे पराया तुममें था।

क्या वही टपका है आंसू बनके मेरी आंख से
जो कभी उगने न पाया, वो भी तारा तुममें था।

तुम मिले तो यूं लगा जैसे कभी बिछुड़े न थे
मेरी यादों में सुरक्षित था जो लम्हा तुममें था।

किन युगों से तुमने वर्षा की झड़ी देखी न थी
इक समंदर था मगर बरसों से प्यासा तुममें था।

बालस्वरूप राही

जन्म : 16 मई, 1936

प्रकाशन : मेरा रूप तुम्हारा दर्पण (गीत-संग्रह), जो नितांत मेरी है (गीत-संग्रह), राग-विराग (चित्रलेखा पर आधारित हिंदी का प्रथम ऑपेरा), राही को समझाए कौन (ग़ज़लें), हमारे लोकप्रिय गीतकार (संपादक : डॉ. शेरजंग गर्ग)। दादी अम्मा मुझे बताओ, हम जब बड़े होंगे, बंद कटोरी मीठा जल, गाल बने गुब्बारे, हम सबसे आगे निकलेंगे, सूरज का रथ (सभी बाल कविता संग्रह), 'हम जब बड़े होंगे' श्रीरक्षत पुरी द्वारा अंग्रेज़ी में 'व्हेन वी ग्रो अप' नाम से अनूदित। साप्ताहिक हिंदुस्तान में 'गपशप' अत्यधिक चर्चित स्तंभ।

पुरस्कार-सम्मान : एन.सी.ई.आर.टी. का राष्ट्रीय पुरस्कार, प्रकाशवीर शास्त्री सम्मान, राष्ट्रीय पुरस्कार (समाज कल्याण मंत्रालय), साहित्यकार सम्मान (हिंदी अकादमी), अक्षरम् सम्मान, उद्भव सम्मान, जै जै वंती सम्मान, परंपरा

		पुरस्कार, हिंदू कॉलेज द्वारा विशिष्ट छात्र सम्मान के साथ तमाम अन्य प्रतिष्ठित पुरस्कार-सम्मान।
	:	पूर्व सचिव-भारतीय ज्ञानपीठ
महाप्रबंधक	:	हिंदी भवन
टी.वी. फ़िल्म	:	टेली फिल्म 'सरसों के फूल' की पटकथा व गीत के साथ अनेक वृत्तचित्रों का निर्देशन व आलेख, अनेक धारावाहिकों की पटकथा, संवाद, गीत लेखन।
संपर्क	:	एफ-3/10, मॉडल टाउन, दिल्ली-9
मोबाइल	:	09810784387

दिल को थामे हुए यों बेक़रार बैठे हैं
ऐसा लगता है कोई दांव हार बैठे हैं।

इनसे कह दो के किसी और को जाकर छेड़ें
हमको घेरे हुए जो ग़मगुसार बैठे हैं।

एक भी चांद तुम्हें अपने साथ ला न सका
हम तो हर रात की ज़ुल्फ़ें संवार बैठे हैं।

तुम न गुज़रोगे इधर से ये सही है लेकिन
तुमने करने को कहा इंतज़ार बैठे हैं।

तुमको बदनाम करें है न हमारी नीयत
एक बेहोशी में तुमको पुकार बैठे हैं।

ये ज़रूरी तो नहीं है के कोई राज़ ही हो
आज मौसम है ज़रा ख़ुशगवार बैठे हैं।

एकटक देखे से आंखों में जो आया पानी
सोच लेना न कहीं अश्कबार बैठे हैं।

मौत हर रोज़ तक़ाज़ा जो करे वाजिब है
हम भी खाए हुए कब का उधार बैठे हैं।

हम तो राही हैं घड़ी-भर में गुज़र जाएंगे
आप भी किन का किए एतबार बैठे हैं।

जब से आज़ादी की ज़िद दिल में है ठानी हमने
ख़ाक सड़कों की बड़े शौक़ से छानी हमने।

ख़्वाब जितने भी थे दम तोड़ दिया सबने ही
फिर भी मरने न दिया आंख का पानी हमने।

वक़्त काटे से न कटता था मगर मस्त रहे
सीख ली खुद को ग़ज़ल खुद ही सुनानी हमने।

जिस जगह सिर को झुकाना था वहां और तने
दुश्मनी खुद से निकाली है पुरानी हमने।

अब वहां पांव भी रखने नहीं देते हैं रक़ीब
जिस मुहल्ले में गला दी है जवानी हमने।

अपनी शर्तों पे कोई चीज़ न मिल पाई जब
छोड़ दी तब से कोई शर्त लगानी हमने।

जो बिना ग़र्ज़ के कुछ हाथ में रख दे चुपचाप
आज तक ऐसा तो देखा नहीं दानी हमने।

ये ग़ज़ल कह के कई बार है सोचा राही
क्यों सुनाई भला बहरों को कहानी हमने।

कोई वादा कोई क़सम तो नहीं
आंख फिर भी हमारी नम तो नहीं।

जितनी ओछी हैं आपकी ख़ुशियां
उतने बेकार अपने ग़म तो नहीं।

जिनके हिस्से में क़हक़हे आए
उनकी तक़दीर में क़लम तो नहीं।

क्यों महाजन की आंख है हम पर
हम कोई सूद की रक़म तो नहीं।

ज़ुल्म के सामने रहें ख़ामोश
और होंगे वो लोग हम तो नहीं।

जो भी पाया है खो के पाया है
इसमें कुछ आपका करम तो नहीं।

ज़िंदगी को शऊर बख़्शेंगे
एक उम्मीद है वहम तो नहीं।

जिनकी तलवार है ज़हर डूबी
उनके बाज़ू में ख़ास दम तो नहीं।

अपने अहसान से बरी रक्खा
यह भी अहसान हम पे कम तो नहीं।

जिनकी राहों में ख़ार हैं राही
उनकी राहों में पेचो-ख़म तो नहीं।

किस महूरत में दिन निकलता है
शाम तक सिर्फ़ हाथ मलता है।

वक़्त की दिल्लगी के बारे में
सोचता हूं तो दिल दहलता है।

दोस्तों ने जिसे डुबाया हो
वो ज़रा देर से संभलता है।

हमने बौनों की जेब में देखी
नाम जिस चीज़ का सफलता है।

तन बदलती थी आत्मा पहले
आजकल तन उसे बदलता है।

एक धागे का साथ देने को
मोम का रोम-रोम जलता है।

काम चाहे ज़ेहन से चलता हो
नाम दीवानगी से चलता है।

उस शहर में भी आग की है कमी
रात-दिन जो धुआं उगलता है।

उसका कुछ तो इलाज करवाओ
उसके व्यवहार में सरलता है।

सिर्फ़ दो-चार सुख उठाने को
आदमी बारहा फिसलता है।

याद आते हैं शेर राही के
दर्द जब शायरी में ढलता है।

डूबने वालों की फ़ेहरिस्त में भी नाम न हो
मेरे जैसा किसी तैराक का अंजाम न हो।

उस गिरफ़्तार की कैसे हो वकालत आख़िर
जिसके सर पर कोई तोहमत कोई इलज़ाम न हो।

कोई पहुंचा दे मेरी आख़िरी ख़्वाहिश उन तक
जो मेरे साथ हुआ उसका चलन आम न हो।

बस इसी शक के सहारे हूं सलामत अब तक
मैं ज़हर जिसको समझ बैठा कहीं जाम न हो।

हाय यह तक न कहा मैंने कि ब्रूटस, तुम भी
मेरे दिल में ये रहा दोस्ती बदनाम न हो।

मैंने उफ़ तक भी न की ज़ुल्म जो हद से गुज़रा
सोचकर ये कि कहीं यह भी तेरा काम न हो।

बैठकर देर तलक सुनता रहा ख़ामोशी
इस इरादे से कि इसमें तेरा पैग़ाम न हो।

रोशनी-रोशनी चिल्लाओगे तुम याद रखो
कैसे मुमकिन है कि सूरज हो ज़िबह, शाम न हो।

वो मुझे देखकर कह दें कि कहीं देखा है
हो अगर ये भी तमाशा तो सरे-आम न हो।

लोग कहते हैं दवा से है बड़ी चीज़ दुआ
क्या करे कोई दुआ से भी जो आराम न हो।

आजकल मेरी ग़ज़ल ग़ौर से सुनना यारो
मैंने जो कुछ भी कहा है कहीं इलहाम न हो।

हम पर दुख का परबत टूटा तब हमने दो-चार कहे
उस पे भला क्या बीती होगी जिसने शेर हज़ार कहे।

हमें ज़रा वनवास काटना पड़ा अगर कुछ दिन तो क्या
उसकी सोचो जो जंगल को ही अपना घर-बार कहे।

सीधे-सच्चे लोगों के दम पर ही दुनिया चलती है
हम कैसे इस बात को मानें कहने को संसार कहे।

अपना-अपना माल सजाए सब बाज़ार में आ बैठे
कोई इसे कहे मजबूरी कोई कारोबार कहे।

लूटमार में सबका यारो एक बराबर हिस्सा है
कोई किसको चोर कहे तो किसको चौकीदार कहे।

अब किसके आगे हम अपना दुखड़ा रोएं छोड़ो यार
एक बात तो आख़िर कोई बोलो कितनी बार कहे।

ढूंढ़ रहे हो गांव-गांव में जाकर किस सच्चाई को
सच तो सिर्फ़ वही होता है जो दिल्ली दरबार कहे।

ढोल पीटता फिरता था जो गली-गली में वादों का
इतना हाहाकार मचा है कुछ तो आख़िरकार कहे।

लैला की उल्फ़त का सौदा नामुमकिन है दोस्त मगर
एक बार फिर तो दुहराना कितने थे दीनार कहे।

जिनकी आंखों में गैरत थी वे कब के बेनूर हुए
उसकी खुद्दारी क्या देखें जो खुद को खुद्दार कहे।

शेर वही हैं शेर जो राही लिखे खून या आंसू से
बाक़ी तो सब अल्लम-ग़ल्लम कहे मगर बेकार कहे।

ग़र न ये क़िस्से संभाले जाएंगे
पुस्तकों तक में हवाले जाएंगे।

हो गए हैं सब अंधेरे की तरफ़
अब कहां बचकर उजाले जाएंगे।

बुद्धिजीवी फिर इकट्ठे हो गए
फिर ज़रूरी प्रश्न टाले जाएंगे।

जिनकी कोशिश है कि कुछ बेहतर करें
नाम उनके ही उछाले जाएंगे।

आंकड़े उनको पढ़ेंगे बैठकर
लोग कंप्यूटर में डाले जाएंगे।

यंत्रमानव में बदल दें जो हमें
सब उन्हीं सांचों में ढाले जाएंगे।

बेज़ुबानी का ज़माना आ गया
अब यहां ख़रगोश पाले जाएंगे।

ये शहर दोज़ख़ सही पर देखना
हम यहां से भी निकाले जाएंगे।

मिल गया राही सच्चाई का सिला
पेट में सूखे निवाले जाएंगे।

अपनी हस्ती के सुबूतों को मिटाने के लिए
याद करता हूं तुझे खुद को भुलाने के लिए।

मैं उसे खुद भी समझ बैठा हूं अपना चेहरा
मैंने ओढ़ा था मुखौटा जो ज़माने के लिए।

याद आते हैं वो दिन चेक के बदले में जब
शेर होते थे मेरे पास भुनाने के लिए।

दिल में रहती है अगर दुख की तपिश रहने दे
ये वो शम्मअ है जो मिलती है जलाने के लिए।

आप बेक़ार छिपाए हैं रगों में अपनी
खून की उनको ज़रूरत है नहाने के लिए।

अब रफ़ूगर ने ये फ़रमान किया है जारी
सब चले आएं गरेबान सिलाने के लिए।

नींद उड़ती रही भटके हुए पक्षी की तरह
लोरियां गाती रही रात सुलाने के लिए।

राहबर हो कि हो रहज़न मुझे डर किस का है
अब बचा क्या है मेरे पास बचाने के लिए।

क्यों भंवर देख के पतवार किसी की कांपे
एक झूला है ये क़श्ती को झुलाने के लिए।

उनको फुरसत न तमाशों से मिल सकी राही
लेके आए थे ग़ज़ल जिनको सुनाने के लिए।

रश्मि सनन

जन्म : 21 फरवरी, 1965

जन्म स्थान : नई दिल्ली

शिक्षा : बी.ए. (शास्त्रीय गायन व अंग्रेज़ी साहित्य)

प्रकाशन : 'ग़ज़ल : दुष्यंत के बाद' में ग़ज़लें प्रकाशित। अनेक पत्र-पत्रिकाओं में कविताएं व ग़ज़लें प्रकाशित। दूरदर्शन एवं आकाशवाणी से काव्य-पाठ व गीत-ग़ज़लें प्रसारित। अनेक मंचों पर काव्य-पाठ।

संप्रति : भारत के नियंत्रक महालेखापरीक्षक के कार्यालय में कार्यरत।

सदस्या : फरीदाबाद लेखिका संघ 'पहचान', सांस्कृतिक एवं साहित्यिक संस्था 'सार्थक प्रयास' की सदस्य। 'उर्दू-दोस्त' व 'बज़्मे-अदब' संस्था के कार्यक्रमों में निरंतर हिस्सेदारी।

संपर्क : 601, सैक्टर-16, फरीदाबाद, हरियाणा

मोबाइल : 9868450650

कैसे धरती का हो मिलन ज़्यादा
दूर धरती से है गगन ज़्यादा।

यूं तो सब मुल्क हैं हसीं लेकिन
मुझे प्यारा मेरा वतन ज़्यादा।

आजकल बढ़ रहे हैं तेज़ी से
शहर में लूट और ग़बन ज़्यादा।

घर बनाने को ढूंढूं मुद्दत से
वो शहर जिसमें हो अमन ज़्यादा।

उम्र भर का था प्यार कम शायद
एक तकरार की चुभन ज़्यादा।

सच का सूरज वहां उगे कैसे
हो जहां झूठ का चलन ज़्यादा।

हम जहां प्यार से मिले 'रश्मि'
खिल उठे हैं वहां चमन ज़्यादा।

सुबह की फूटी किरन, गुज़रा हुआ दिन सो गया
इक नई उम्मीद पर फिर राज़ीनामा हो गया।

टूटता बनता बिखरता ही रहा वो उम्र भर
ख़्वाब अदना सा मेरा था भीड़ में ही खो गया।

नेमतें इस ज़िंदगी की कल मेरे दामन में थी
चांद कल थक हार कर पहलू में मेरे सो गया।

मंदिरों और मस्जिदों में कश्मकश बढ़ने लगी
मसअला नाज़ुक था जो अब और नाज़ुक हो गया।

ख़ामुशी में थीं ग़ज़ब की सिसकियां ही सिसकियां
कौन था जो कब्र मेरी आंसुओं में धो गया।

रोक पाया कौन उसको नाम जिसका वक़्त है
छूट कर हाथों से पल में ये गया और वो गया।

जब बनाया था खुदा ने दिल मुहब्बत के लिए
नफ़रतों के बीज फिर ये कौन दिल में बो गया।

तेरे फिराक में कब आंख मेरी तर न हुई
तेरा सुरूर रहा, पर तुझे ख़बर न हुई।

कहां से मांग के लाएंगे हम शऊर-ए-नज़र
जो ये भी चाल मुहब्बत में कारगर न हुई।

खिला दे जो मेरा गुलशन बहार ले आए
वो इक कली भी मयस्सर मुझे मगर न हुई।

तमाम दश्त कड़ी धूप झुलसता ही रहा
किसी घटा की तवज्जोह कभी उधर न हुई।

वो जिस करम की नज़र का था इंतज़ार हमें
मलाल ये है कभी हमपे वो नज़र न हुई।

तमाम उम्र हमारी सफ़र में गुज़री मगर
ये क्या कि ख़त्म कभी ख़्वाहिशे सफ़र न हुई।

सभी को सुबह की सौग़ात मिल गई 'रश्मि'
मेरी ही शामे तमन्ना की बस सहर न हुई।

किस्मत फक़त बहाना है
बस मन को समझाना है।

किसको है मालूम यहां
कब आना कब जाना है।

ऐसी वैसी बातों से
किसका दिल बहलाना है।

आख़िर वो भी मान गया
किसका दर्द पुराना है।

मक़सद अहले दुनियां का
तिल का ताड़ बनाना है।

वक़्त ये हमसे कहता है
कांटों में मुस्काना है।

'रश्मि' मैं तो तन्हा हूं
उसके साथ ज़माना है।

हिम्मतें देता है यादों का सहारा आज भी
रास्ता तकते हैं देखो हम तुम्हारा आज भी।

कंपकंपाते होंठ आंखें अश्क बरसाती हुई
याद है हमको बिछड़ने का नज़ारा आज भी।

वक्त के रहमो करम पर छोड़ आए आशियां
आपकी नज़रों का पाकर इक इशारा आज भी।

हाय इस दिल का मुक़द्दर आज तक बदला नहीं
कल भी था ये ग़म का मारा, ग़म का मारा आज भी।

गर यूं ही बढ़ते रहे इन कश्तियों के हौसले
ढूंढ लेंगी मौजो तूफ़ां में कनारा आज भी।

कल मिला था जो बड़े ही प्यार से, इख़्लास से
क्या मिलेगा दोस्त वो हमको दोबारा आज भी।

सुनके भी उसने सुनी है कब दुखे दिल की सदा
कल भी दी आवाज़ उसको और पुकारा आज भी।

वक्त की बेरहमियां कल भी मेरे दामन में थीं
गरदिशों में है मेरी किस्मत का तारा आज भी।

जिन फ़सानों से थी 'रश्मि' शादमां ये ज़िंदगी
उन फ़सानों से तआल्लुक है हमारा आज भी।

नग़मा उभर न आए कोई दिल के तार से
दस्तक न दो ख़ुदा के लिए इतने प्यार से।

गुलशन में फिर किसी का नशेमन न जल उठे
दिल डर रहा है आज भी फ़स्ले-बहार से।

बीते हुए लम्हें तमाम फिर से जी उठें
पढ़ती हूं जब कभी तेरे ख़त बेशुमार से।

हर एक पल गुज़रता है एहसास सा गिरां
बेहतर है लाख मौत शबे-इंतज़ार से।

मैं गुल बिछा रही हूं तेरी रहगुज़ार में
कांटे भी चुन रही हूं तेरी रहगुज़ार से।

मुफ़लिस के आज पेट में रोटी जो पड़ गई
सोया है मुद्दतों में सुकूनो-करार से।

ग़म में जो मुक्तला हूं मैं 'रश्मि' तो क्या हुआ
फुर्सत यहां किसे है ग़मे रोज़गार से।

दिल के आग़ोश में जब दर्द जवां होता है
ज़ख़्म कितने हैं ये एहसास कहां होता है।

हाय उस ग़म को छुपाऊं तो छुपाऊं कैसे
अश्क बन-बन के जो आंखों से रवां होता है।

ज़ब्त करती हूं तो दम घुटता है अरमानों का
बोलती हूं तो हर इक राज़ अयां होता है।

दर्द के दश्त से गुज़री तो ये एहसास हुआ
हुस्न जो ख़ार में है गुल में कहां होता है।

मौज में अपनी, हक़ीक़त में जो आ जाए कभी
एक क़तरे पे भी दरिया का गुमां होता है।

जब कभी मुझसे बदल जाती हैं नज़रें उनकी
मुस्कुराना भी तबीयत पे गिरां होता है।

झुक के 'रश्मि' उसे पलकों से उठा लेती है
राह में जो तेरे कदमों का निशां होता है।

लाखों को नेमत हासिल
कौन मगर है दरियादिल।

दुख में कोई नहीं तेरा
सुख में तेरे सब शामिल।

जब हालात डुबोएं तो
क्या माझी और क्या साहिल।

कर कुछ काम सही वरना
दुनिया समझेगी जाहिल।

जग से लड़ना है आसां
खुद से लड़ना है मुश्किल।

मिलता है हंसने से क्या
रोने से भी क्या हासिल।

'रश्मि' अपने पांव बढ़ा
दूर नहीं है अब मंज़िल।

राजगोपाल सिंह

जन्म	:	1 जुलाई, 1947 (जनपद-बिजनौर)
कृतियां	:	• ज़र्द पत्तों का सफ़र • खुशबुओं की यात्रा • बरगद ने सब देखा है • चौमास
संपादित	:	हिंदी की चर्चित ग़ज़लें
सक्रियता	:	अनेक प्रतिनिधि ग़ज़ल संकलनों में सहभागिता के साथ देश की चर्चित हिंदी पत्रिकाओं में ग़ज़लें प्रकाशित
संपर्क	:	बी-39, न्यू गोपाल नगर, नज़फ़गढ़, दिल्ली-43
मोबाइल	:	9810831831

एक पुराना पुल था, टूटा
चलो मगर सन्नाटा टूटा।

जिसने सब अम्बर चमकाया
अक्सर वही सितारा टूटा।

कितने चेहरे हुए उजागर
जब भी कोई शीशा टूटा।

सुबह ग़ज़ब रफ़्तार थी लेकिन
शाम को लौटा हारा टूटा।

रंग-बिरंगे मोती बिखरे
सांसों का जब धागा टूटा।

न्यायाधीशों को हक़ीकत क्या सुनाएं
तय हैं जब पहले से ही सारी सज़ाएं।

कांच के इस शहर में सब कुछ हरा है
हैं अगर सूखी तो बस संवेदनाएं।

फूल, खुशबू, ओस की बूंदें सभी कुछ
सोखती फिरती हैं अब ज़ालिम हवाएं।

जिनके तलुओं से लहू टपका, उन्हीं से
मंज़िलों को भी हैं कुछ संभावनाएं।

है पराजित सूर्य यदि अंधियार से तो
जुगनुओं से ही कहो वे टिमटिमाएं।

ऐसे कुछ और सवालों को उछाला जाए
किस तरह शूल को शूलों से निकाला जाए।

फिर चिराग़ों को सलीके से जलाना होगा
तम है जिस छोर उसी ओर उजाला जाए।

ये ज़रूरी है कि ख़्यालों पे जमी काई हटे
फिर से तहज़ीब के दरिया को खंगाला जाए।

फावड़े और कुदालें भी तो ढल सकती हैं
अब न इस्पात से ख़ंजर कोई ढाला जाए।

सिर्फ़ सन्नाटा सुलगता है यहां सांझ ढले
ताज़गी बख़्श दे ऐसा कोई झोंका तो चले।

गांव के मीठे कुंए पाट दिए क्यों हमने
इसका अहसास हुआ प्यास से जब होंठ जले।

यों तो हर मोड़ पे मिलने को मिले लोग बहुत
धूप क्या तेज़ हुई साथ सभी छोड़ चले।

आंख में चुभने लगे अब ये रुपहले मंज़र
दिल सुलगता है हरे पेड़ों की ज़ुल्फों के तले।

एक अरसे से भटकता हूं गुलिस्तानों में
कोई कांटा तो मिले जिससे ये कांटा निकले।

ना समुंदर हूं, ना मैं दरिया हूं
भीगी पलकों में ठहरा लम्हा हूं।

ख़ुशबुओं के सहन में रहता हूं
एक ताज़ा हवा का झोका हूं।

मैं समझता हूं रुख हवाओं का
गरचे, सूखा हुआ-सा पत्ता हूं।

जिनका परिचय है न पता कोई
मैं उन्हें रोज़ पत्र लिखता हूं।

मेरा परिचय है मित्र बस इतना
गीत बुनता हूं, गीत जैसा हूं।

अजनबी नज़रों से अपने आपको देखा न कर
आईनों का दोष क्या है आईने तोड़ा न कर।

ये भी मुमकिन है ये बौनों का नगर हो इसलिए
छोटे दरवाज़ों की ख़ातिर अपना क़द छोटा न कर।

ये सनक तुझको न पत्थर ही बना डाले कहीं
हर किसी पत्थर को पारस जानकर परखा न कर।

रात गुज़रेगी कि कल सूरज भी निकलेगा ज़रूर
ये अंधेरे चंद लम्हों के हैं मन मैला न कर।

चढ़ते सूरज को लोग जल देंगे
जब ढलेगा तो मुड़ के चल देंगे।

गंदले-गंदले ये ताल ही तो तुम्हें
मुस्कुराते हुए कंवल देंगे।

मोह के वृक्ष मत उगा, ये तुझे
छांव देंगे न मीठे फल देंगे।

तुम हमें नित नई व्यथा देना
हम तुम्हें रोज़ इक ग़ज़ल देंगे।

चूम कर आपकी हथेली को
हस्त रेखाएं हम बदल देंगे।

चांदनी रातों में अक्सर बोलते हैं
ख़ुशनुमा ख़ामोश मंज़र बोलते हैं।

बोलते हैं जब भी रहबर बोलते हैं
फूल से लहज़े में पत्थर बोलते हैं।

मैं बहुत ख़ामोश होता हूं तो मुझसे
घर के सन्नाटे लिपट कर बोलते हैं।

जब ज़बां पर केचियां लटकी हुई हों
धार पा जाते हैं अक्षर बोलते हैं।

पत्थरों में प्राण भर देते हैं अक्सर
ऐसे लोगों को सुख़नवर बोलते हैं।

राजेंद्र तिवारी

जन्म : 2 मार्च, 1960
(कानपुर)

प्रकाशन : 'ज़बान काग़ज़ पर' ग़ज़ल संग्रह, प्रतिनिधि हिंदी ग़ज़लें, लोकप्रिय हिंदी ग़ज़लें, बहुरंगी हिंदी ग़ज़लें, बेमिसाल ग़ज़लें, ग़ज़लें हिंदुस्तानी, ग़ज़ल : दुष्यंत के बाद, आधुनिक ग़ज़लें विभिन्न समवेत संकलनों में भागीदारी। अधिकांश प्रमुख पत्रिकाओं में ग़ज़लों का प्रकाशन।

सम्मान : अली एवार्ड (भोपाल), वाक़िफ़ रायबरेलवी सम्मान, अनुरंजिका, मानस संगम, सौरभ अनेक संस्थाओं द्वारा सम्मान 'कानपुर गौरव' अलंकरण

संपर्क : 'तपोवन' 38-बी, गोविंद नगर,
कानपुर-208006 (उ.प्र.)

दिल के हाथों, नज़र के चक्कर में
आ गए हम भंवर के चक्कर में।

बच गए रास्तों के चक्कर से
फंस गए राहबर के चक्कर में।

भूल बैठे हैं ज़िंदगी का सफ़र
लोग उलझे हैं घर के चक्कर में।

अपनी तहज़ीब तक गवां बैठा
गांव खोया नगर के चक्कर में।

ख़ुद ही सूली पे चढ़ गया इंसां
शोहरतों की ख़बर के चक्कर में।

तलफ़्फ़ुज़ों की जिरह और बयान के झगड़े
ग़ज़ल की जान न ले लें ज़बान के झगड़े।

लड़े हैं लोग किताबें कभी नहीं लड़तीं
कहीं सुने भी हैं गीता-कुरान के झगड़े।

ज़मीं के झगड़े हैं दुनिया में, वतन में, घर में
परिंदों में हैं कहां आसमान के झगड़े।

दुहाई अम्न की दुनिया को दे रहा है मगर
उसी के बोए हैं सारे जहान के झगड़े।

जहां से ज्यों ही उठा ख़ानदान का मुखिया
अदालतों में गए ख़ानदान के झगड़े।

ये सिर्फ़ हाथ मिलाने से मिट न पाएंगे
मिलाओ दिल तो मिटें दरमियान के झगड़े।

भला कब हसरतों की क़ैद से आज़ाद करती है
'हवस' कुछ भी नहीं देती है बस बरबाद करती है।

तुम्हारी प्यास है मोहताज दरिया की, समंदर की
हमारी तश्नगी सहराओं को आबाद करती है।

अगर थामे नहीं रहती तो कबके ढह गए होते
ये कहकर गुम्बदों की परवरिश बुनियाद करती है।

फ़क़ीरी ही उसे ख़ैरात देती है दुआओं की
हुकूमत गिड़गिड़ाकर जब कभी फ़रियाद करती है।

मुहब्बत में मुसीबत है अना दिल तोड़ देती है
मुसीबत में अना लेकिन बड़ी इमदाद करती है।

मैं ख़ादिम हूं किए जाता हूं ख़िदमत किसलिए सोचूं
कि दुनिया भूल जाती है कि दुनिया याद करती है।

बिना लफ़्ज़ों का ख़त तुमने पढ़ा क्या
मुहब्बत से कभी पाला पड़ा क्या।

क़लम की बात है क़द है क़लम का
क़लम वालों में फिर छोटा-बड़ा क्या।

हमारा नाम है सबकी ज़ुबां पर
ज़माने ने नया किस्सा गढ़ा क्या।

उसे हम आदमी समझे थे लेकिन
वो सचमुच हो गया चिकना घड़ा क्या।

अनलहक़ की सदाएं गूंजती हैं
कोई मंसूर सूली पर चढ़ा क्या।

इससे बढ़के दुनिया में बेबसी नहीं होती
जब ख़ुशी के मिलने पर भी ख़ुशी नहीं होती।

हां! निगाह मिलते ही प्यार हो तो सकता है
दिल नहीं मिले जब तक, दोस्ती नहीं होती।

लोग बारहा खुद को रोज़ क़त्ल करते हैं
यार! क्या करें हमसे खुदकुशी नहीं होती।

ज़िंदगी के सहरा में तश्नगी भटकती है
जो दिखाई देती है वो नदी नहीं होती।

बाहरी उजालों से सूरतें चमकती हैं
दिल में इन चराग़ों से रौशनी नहीं होती।

सुन सको तो आंखों में लफ़्ज़ गुनगुनाते हैं
ख़ामुशी ज़बानों की ख़ामुशी नहीं होती।

ख़्वाहिशों के जंगल में दूर तक नहीं जाना
ख़्वाहिशों के जंगल से वापसी नहीं होती।

सिर्फ़ बीनाई नहीं आंखों में पानी चाहिए
झील, दरिया हो तो सकती है, रवानी चाहिए।

थरथराते होंठों के लफ़्ज़ों को मानी चाहिए
एक मिसरा है, अकेला एक सानी चाहिए।

जिसको दुनिया याद रक्खे वो कहानी चाहिए
ज़िंदगी में 'ज़िंदगी' की तर्जुमानी चाहिए।

बादशा बेचैन हैं दुनिया पे कब्ज़े के लिए
हम फ़क़ीरों को दिलों पर हुक्मरानी चाहिए।

रात को सूरज उगे दिन लेके घूमे चांद को
लोग क्या-क्या सोचते हैं शर्म आनी चाहिए।

कोशिशें बस कोशिशें हैं कामयाबी के लिए
कोशिशों के साथ उसकी मेहरबानी चाहिए।

कर लिया इक़रार दिल ने कह दिया आंखों ने हां
हमको लेकिन फ़ैसला तुमसे ज़बानी चाहिए।

जब ये इल्ज़ाम लगाया कि बाल आया क्यों
आईना चीख के बोला तो दिल दुखाया क्यों।

हम बताना भी जो चाहें बता नहीं सकते
वो जो अपना था वही हो गया पराया क्यों।

हाथ आया जो कभी तो उसी से पूछूंगा
छोड़ जाता है बुरे दिन में साथ साया क्यों।

देखते बनते हैं चेहरे तमाशबीनों के
डूबने वाले को दरिया ने खुद बचाया क्यों।

लाख पछताओ गया वक़्त कब पलटता है
तुमको मौक़ा तो मिला था उसे गंवाया क्यों।

शह दी है पियादे ने कोई बात नहीं है
बाक़ी है अभी खेल अभी मात नहीं है।

फ़सलें न उगेंगी न कभी प्यास बुझेगी
ये ओस की बूंदें हैं ये बरसात नहीं है।

नन्हा सा दीया देख के घबराए जो सूरज
ये क़द की बुलंदी है करामात नहीं है।

कहते हैं कोई शहर में अब भी है वफ़ादार
हालांकि मेरी उससे मुलाक़ात नहीं है।

मज़हब की सलाख़ों में मुझे क़ैद न करना
इंसान हूं मैं कोई मेरी जात नहीं है।

विज्ञान व्रत

जन्म	:	17 अगस्त, 1943 (गांव-तेरा, जिला-मेरठ)
प्रकाशन	:	बाहर धूप खड़ी है, चुप की आवाज़, जैसे कोई लौटेगा, तब तक हूं (सभी ग़ज़ल संग्रह), खिड़की भर आकाश (दोहा संग्रह) तमाम समवेत संकलनों तथा देश की प्रमुख पत्रिकाओं में ग़ज़लें–दोहे प्रकाशित।
सम्मान-पुरस्कार	:	पेंटिंग्स, राष्ट्रपति भवन दिल्ली, लेडी पामेला हिक्स, लंदन, मोरारी बापू के साथ ही देश-विदेश की तमाम नामी-गिरामी हस्तियां, होटलों तथा प्रसिद्ध इमारतों की शोभा। चित्रकला तथा साहित्य के क्षेत्र में अनगिनत सम्मान-पुरस्कार।
गायन	:	जगजीत सिंह, धनंजय कौल, निशांत अकक्षार के द्वारा ग़ज़लों का गायन।
टी.वी.	:	टी.वी. सीरियल 'वापसी' के शीर्षक गीत के साथ अभिनय, टी.वी. और आकाशवाणी पर साक्षात्कार तथा कविता पाठ।
ऑडियो	:	2007 में ग़ज़लों की ओडियो एलबम
संपर्क	:	एन-138, सेक्टर-25, नोएडा-201301
मोबाइल	:	09810224571

और सुनाओ कैसे हो तुम
अब तक पहले जैसे हो तुम।

अच्छा अब ये तो बतलाओ
कैसे अपने जैसे हो तुम।

यार सुनो घबराते क्यूं हो
क्या कुछ ऐसे-वैसे हो तुम।

क्या अब अपने साथ नहीं हो
तो फिर जैसे-तैसे हो तुम।

ऐशपरस्ती तुमसे तौबा
मज़दूरी के पैसे हो तुम।

चुप रहता था क्या करता
वो तनहा था क्या करता।

कोई भी पहचान नहीं
शहर नया था क्या करता।

उसका कोई नाम न था
सिर्फ़ पता था क्या करता।

आख़िर उसको मौत मिली
सच कहना था क्या करता।

वैसे वो सुक़रात न था
ज़हर बचा था क्या करता।

तपेगा जो
गलेगा वो।

गलेगा जो
ढलेगा वो।

ढलेगा जो
बनेगा वो।

बनेगा जो
मिटेगा वो।

मिटेगा जो
रहेगा वो।

इक मुश्तरका रक़बा हूं
जाने किसका कितना हूं।

ज़ंग लगा दरवाज़ा हूं
मैं मुश्किल से खुलता हूं।

सदियों बाद बनेगा जो
मैं उस घर का नक़्शा हूं।

पल भर में क्या समझोगे
मैं सदियों में बिखरा हूं।

दानिश्वर क्या समझेंगे
मैं बच्चों की भाषा हूं।

बच्चे जब होते हैं बच्चे
खुद में रब होते हैं बच्चे।

सिर्फ़ अदब होते हैं बच्चे
इक मकतब होते हैं बच्चे।

एक सबब होते हैं बच्चे
ग़ौर-तलब होते हैं बच्चे।

हमको ही लगते हैं वर्ना
बच्चे कब होते हैं बच्चे।

तब घर में क्या रह जाता है
जब ग़ायब होते हैं बच्चे।

मैं था तनहा एक तरफ़
और ज़माना एक तरफ़।

तू तो मेरा हो जाता
मैं हो जाता एक तरफ़।

अब तू मेरा हिस्सा बन
मिलना-जुलना एक तरफ़।

यूं मैं एक हक़ीक़त हूं
मेरा सपना एक तरफ़।

फिर उससे सौ बार मिला
पहला लमहा एक तरफ़।

मैं कुछ बेहतर ढूंढ़ रहा हूं
घर में हूं घर ढूंढ़ रहा हूं।

घर की दीवारों के नीचे
नींव का पत्थर ढूंढ़ रहा हूं।

जाने किसकी गर्दन पर है
मैं अपना सर ढूंढ़ रहा हूं।

हाथों में पैराहन थामे
अपना पैकर ढूंढ़ रहा हूं।

मेरे क़द के साथ बढ़े जो
ऐसी चादर ढूंढ़ रहा हूं।

वो हमसे अनजान रहे
जिनकी हम पहचान रहे।

वो मेरा अरमान रहे
मेरी ये पहचान रहे।

दोनों की पहचान रहे
ऐसा कुछ दरम्यान रहे।

दुनिया तब तक दाना थी
जब तक हम नादान रहे।

दोनों चुप थे यानी वो
दोनों एक ज़ुबान रहे।

सुरेंद्र चतुर्वेदी

जन्म : 16 मई, 1955 (अजमेर)

कृतियां : दर्द बे-अंदाज, वक़्त के ख़िलाफ़, अंदाज़े बयां और, आसमां मेरा भी था, अंजाम खुदा जाने, कोई अहसास बच्चे की तरह, कोई कच्चा मकान हूं जैसे—सभी ग़ज़ल संग्रह, साथ ही शवयात्रा स्वीकृतियों की (कविता संग्रह), सलीब पर टंगा सूरज (उपन्यास), कभी नहीं सूखता सागर (वेदमंत्रों का काव्यानुवाद), मैं से तुम तक (कविता) पुलिस और मानव व्यवहार (मनोवैज्ञानिक विश्लेषण) कैसे गांव बचेगा भाई (काव्य-संग्रह) के साथ तमाम समवेत संकलनों व देश की लगभग सभी पत्र-पत्रिकाओं में सतत प्रकाशित।

फिल्म : लाहौर, तेरा क्या होगा जानी के साथ ही अनेक फ़िल्मों में गीत लेखन, फिलहाल पूर्णतया फ़िल्मों से सम्बद्ध रहकर शायरी को बचाए रखने की कोशिश में मशग़ूल।

संपर्क : 'ग़ज़ल' कुंदन नगर, अजमेर (राजस्थान)

मोबाइल : 09829271388

मौला इन आंखों को अब ऐसी बीनाई दे,
तन में काबा मन में मदीना मुझे दिखाई दे।

बंद करूं पलकें जब भी दीदारे मुस्तफ़ा हो,
करने को महसूस मुझे लंबी तन्हाई दे।

बादल, बारिश, झरने, दरिया सागर या सहरा,
कोई भी आवाज़ लगाए तू ही सुनाई दे।

नज़र किसी को तू ना आए और तुझे देखूं,
इश्क़ में अंधी इन आंखों को वो बीनाई दे।

इतना बरसे नूर कि सहरा सागर हो जाए,
उम्र डूब जाए जिसमें उतनी गहराई दे।

मेरी सूरत में तुझको देखे सारी दुनिया,
सबको मैं तुझसे मिलवाऊं वो ठकुराई दे।

तेरे नूर से जिंदा जो हो जाए अंधेरे में,
मेरे जिस्म को देनी हो तो वो परछाईं दे।

जिस्म के बाहर मैं खुशियां ढूढ़ने जाता नहीं,
मेरी भीतर के सुकूं का तुमको अंदाज़ा नहीं।

इश्क़ की ऐसी हवेली में हुआ हूं बंद मैं,
खिड़कियां जिसमें हज़ारों कोई दरवाज़ा नहीं।

बुझ चुकी हैं सब चितायें दर्द के अहसास की
रूह तक में ज़ख़्म मेरे कोई भी ताज़ा नहीं।

मुझको लगता है समंदर सैंकड़ों पी जाऊंगा,
जैसे मेरी प्यास के आगे कोई प्यासा नहीं।

फ़ैसला जलने का मैंने कर लिया आख़िर कबूल,
मैं मगर सायों के पीछे धूप में भागा नहीं।

जिस घड़ी खुद से बिछड़ कर तुझमें शामिल मैं हुआ,
बाद उसके उम्र भर मैं लौट कर आया नहीं

सूखे रिश्तों का हरा इक पेड़ हूं मैं दोस्तो,
मैं हूं हमसाया मगर मेरा कोई साया नहीं।

इस तरह का अंदाज़ मेरे देखने में था,
उसका वजूद जैसे मेरे आईने में था।

सजदे में तेरे मैकशी का था शरूर वो,
मुझको लगा कि जैसे किसी मैंकदे में था।

कैसी अजीब शर्त थी मेरे हबीब की,
रखनी थी ज़िंदा प्यास, सफ़र भीगने में था।

इक दिन मैं तेरे इश्क़ में पहुंचूंगा तुझ तलक़,
मंज़िल का मेरी मुझको पता बचपने में था।

उसको छुआ भी देखा भी पर वो मज़ा कहां,
जितना कि मज़ा उसको फ़क़त सोचने में था।

मेरे नसीब में लिखी थी मौत प्यास की,
वरना तो बहता दरिया मेरे रास्ते में था।

मेरी ग़ज़ल ही बस उसे महसूस कर सकी,
ख़ामोश सा जो दर्द मेरे टूटने में था।

इस जहां में कोई हम जैसा भी दीवाना बने,
रात को आबाद हो और सुबह वीराना बने।

अब तो अपना भी किसी से ऐसा याराना बने,
इश्क़ में जिसके बदन ये ख़ुद से बेगाना बने।

तू ही तू आए नज़र झांकूं जो अपने आप में,
अब ये दिल मस्जिद बने या फिर ये मैख़ाना बने।

अपनी ख़ामोशी में आख़िर डूब जाए तैर कर,
मेरी तन्हाई का जब भी कोई परवाना बने।

बह रहा है मुझमें अब भी देख दरिया-ए-फ़रात,
फिर पुरानी प्यास का लगता है अफ़साना बने।

जिस्म से बाहर निकल कर देखूं यार का,
रूह के रंगों से अब जलवा-ए-जानाना बने।

रहगुज़ारे आरज़ू पर इसलिए ठहरा हूं मैं,
काश! ये दिल भी तेरी महफिल का नज़राना बने।

बादशाही इश्क़ की दुनिया में करने के लिए,
शर्त ये है दिल तेरा पहले फ़कीराना बने।

सफ़र में रोशनी की जब दुआयें मांगता हूं,
मैं अपनी मां के क़दमों से ज़ियायें मांगता हूं।

मुझे महसूस होता है कि हूं मैं कर्बला में,
मैं अपने भाइयों से जब वफ़ाएं मांगता हूं।

दरख़्तों के हज़ारों दर्द उग जाते हैं मुझमें,
नए पौधों से जब ताज़ी हवाएं मांगता हूं।

सज़ाएं दूसरों की अब तलक काटी है मैंने,
मैं अब अपने गुनाहों की सज़ाएं मांगता हूं।

न मक्का ही गया हूं मैं ना जा पाया मदीना,
मगर मैं हाजियों के संग दुआएं मांगता हूं।

तआस्सुब के घने बादल नहीं दरकार मुझको,
खुदाया मैं तो रहमत की घटाएं मांगता हूं।

निगाहें उनपे अपनी इसलिए रखता हूं यारो,
परिंदों से मैं उड़ने की अदाएं मांगता हूं।

नज़र से दूर रह कर भी हर इक मंज़र से गुज़रा हूं,
मैं अक्सर डूब कर खुद में तेरे भीतर से गुज़रा हूं।

इलाही तुझसे मिलने को बहुत बेचैन होकर मैं,
कभी इस दर से गुज़रा हूं कभी उस दर से गुज़रा हूं।

मुझे हर बार तिनकों से ही अपना घर बनाना है,
इसी कोशिश में कितने मौसमों के डर से गुज़रा हूं।

महकने जब कभी मुझमें लगी इक गुमशुदा खुशबू,
लगा मुझको कि मुद्दत बाद तेरे घर से गुज़रा हूं।

लिए हैं हौंसलों के बारहा खुद इम्तिहां मैंने
मुसलसल बनके दरिया मैं खुदी के सर से गुज़रा हूं।

लहू से तरबतर तो हो गई है मेरी पेशानी,
मगर महसूस कब मुझको हुआ पत्थर से गुज़रा हूं।

तेरी चौखट मिलेगी एक दिन ये सोचकर यारब,
हज़ारों बार इस दुनिया की मैं ठोकर से गुज़रा हूं।

जुदा होकर भी मैं नज़दीकियां महसूस करता हूं,
बिछुड़ता हूं तो अपनी ग़लतियां महसूस करता हूं।

अभी भी सूखने से बच गया है क्या कोई दरिया,
बदन में क्यों तड़पती मछलियां महसूस करता हूं।

वक़ालत यूं तो करता हूं मैं उड़ते हर परिंदे की,
मगर पांवों में अपने बेड़ियां महसूस करता हूं।

कभी अहसास होता है कि हैं पुरवाइयां मुझमें,
कभी धुआं उगलती चिमनियां महसूस करता हूं।

दिलों की बात मैं जब भी लिखा करता हूं काग़ज़ पर,
क़लम पर मैं किसी की उंगलियां महसूस करता हूं।

सभी का मेरे अहसासों से रिश्ता है कोई वरना,
सभी की मैं ही क्यों मजबूरियां महसूस करता हूं।

मिला कर इक नज़र वो सारे मंज़र छीन लेता है,
दिखाता है फ़क़त क़तरा समंदर छीन लेता है।

वो अव्वल तो किसी भी हाथ को उठने नहीं देता,
जो उठ भी जाएं तो हाथों से पत्थर छीन लेता है।

बड़ी चालाकियों से पूछता तो है सवालों को,
मगर पहले मुनासिब सारे उत्तर छीन लेता है।

उड़ानें भर नहीं पाता कभी मैं वक़्त के आगे,
सफ़र में वो कभी अंबर कभी पर छीन लेता है।

किसी को मारने का भी अजब अंदाज़ है उसका,
वो पहले आदमी से मौत का डर छीन लेता है।

खुले इक आसमां का मैं तसव्वुर जब भी करता हूं,
ज़मीं पांवों के नीचे से मुक़द्दर छीन लेता है।

न जाने किसलिए होता है मेरे साथ ही ऐसा,
जिसे भी चाहता हूं कोई अक्सर छीन लेता है।

हस्तीमल 'हस्ती'

जन्म : 11 मार्च, 1946
(आमेट, राजसमंद)

प्रकाशन : क्या कहें किससे कहें (ग़ज़ल संग्रह), महाराष्ट्र हिंदी साहित्य अकादमी से पुरस्कृत, कुछ और तरह से भी (ग़ज़ल संग्रह), अंबिका प्रसाद दिव्य पुरस्कार, देश के अधिकांश प्रतिनिधि ग़ज़ल संकलनों में भागीदारी के साथ सभी प्रतिष्ठित हिंदी पत्रिकाओं में ग़ज़लों का प्रकाशन

संपादन : काव्या (काव्य पत्रिका) त्रैमासिक का 15 वर्षों से संपादन-प्रकाशन

गायन : जगजीत सिंह एवं पंकज उधास द्वारा ग़ज़लों का गायन

टी.वी. : दूरदर्शन, आकाशवाणी से प्रायः प्रसारण

संपर्क : 28, कालिका निवास, नेहरू रोड
सांताक्रुज (पूर्व), मुंबई-400055

मोबाइल : 09820590040

चिराग हो के न हो दिल जला के रखते हैं
हम आंधियों में भी तेवर बला के रखते हैं।

मिला दिया है पसीना भले ही मिट्टी में
हम अपनी आंख का पानी बचा के रखते हैं।

बस एक खुद से ही अपनी नहीं बनी वरना
ज़माने भर से हमेशा बना के रखते हैं।

हमें पसंद नहीं जंग में भी चालाकी
जिसे निशाने पे रक्खें बता के रखते हैं।

कहीं खुलूस कहीं दोस्ती कहीं पे वफ़ा
बड़े करीने से घर को सजा के रखते हैं।

रास्ता किस जगह नहीं होता
सिर्फ़ हमको पता नहीं होता।

छोड़ दें रास्ता ही डर के हम
ये कोई रास्ता नहीं होता।

जिस्म ऐसा लिबास है साहब
चाहने से नया नहीं होता।

दूर बेटी हुई तो याद आया
फल कभी पेड़ का नहीं होता।

एक नाटक है ज़िंदगी यारो!
कौन बहुरूपिया नहीं होता।

खौफ़ राहों से किस लिए 'हस्ती'
हादसा घर में क्या नहीं होता।

टूट जाने तलक गिरा मुझको
कैसी मिट्टी का हूं बता मुझको।

मेरी खुशबू भी मर न जाए कहीं
मेरी जड़ से न कर जुदा मुझको।

घर मेरे हाथ बांध देता है
वरना मैदां में देखना मुझको।

अक्ल कोई सज़ा है या इनआम
बारहा सोचना पड़ा मुझको।

हुस्न क्या चंद रोज़ साथ रहा
आदतें अपनी दे गया मुझको।

देख भगवे लिबास का जादू
सब समझते हैं पारसा मुझको।

कोई मेरा मरज तो पहचाने
दर्द क्या और क्या दवा मुझको।

मेरी ताकत न जिस जगह पहुंची
उस जगह प्यार ले गया मुझको।

ज़िंदगी से नहीं निभा पाया
बस यही एक ग़म रहा मुझको।

मुहब्बत का ही इक मोहरा नहीं था
तेरी शतरंज पे क्या-क्या नहीं था।

सज़ा मुझको ही मिलती थी हमेशा
मेरे चेहरे पे ही चेहरा नहीं था।

कोई प्यासा नहीं लौटा वहां से
जहां दिल था भले दरिया नहीं था।

हमारे ही कदम छोटे थे वरना
यहां परबत कोई ऊंचा नहीं था।

किसे कहता तवज्जो कौन देता
मेरा ग़म था कोई क़िस्सा नहीं था।

रहा फिर देर तक मैं साथ उसके
भले वो देर तक ठहरा नहीं था।

क्या सच है क्या है ख़्वाब हमें होश तक नहीं
इक शय पे है नक़ाब हमें होश तक नहीं।

मिट्टी की गागरों सा है, हर इक आसरा
और वक्त है चिनाब हमें होश तक नहीं।

हर मोड़ पे है प्यास बुझाने की आरजू
हर मोड़ पे सराब हमें होश तक नहीं।

कुछ और इम्तहानों की देते हैं दावतें
ये नाम ये ख़िताब हमें होश तक नहीं।

चेहरा ही अपना सिर्फ़ बदलते हैं बार-बार
मरते नहीं अजाब हमें होश तक नहीं।

अपने दिलो-दिमाग़ के हर इक सवाल का
हम खुद ही हैं जवाब हमें होश तक नहीं।

दोस्ती, चाहत, वफ़ा इक हद तलक़
ये अदाकारी निभा इक हद तलक़।

प्यार की दुनिया वो दुनिया है जहां
कर्ज़ होता है अदा इक हद तलक़।

शोख़ियों का लुत्फ़ भी कुछ लीजिए
ठीक होती है हया इक हद तलक़।

साफ़गोई, सादगी, दरियादिली
चलिए लोगों से जुदा इक हद तलक़।

भूल मत 'हस्ती' दुआ मां-बाप की
काम करती है दवा इक हद तलक़।

भीड़ में खुद को तन्हा कर
ये मंज़र भी देखा कर।

सबको राह दिखा लेकिन
अपनी राह भी देखा कर।

किससे भूल नहीं होती
इतना भी मत सोचा कर।

तू भी दौलत से भर जा
उसके ग़म को अपनाकर।

मिलकर आए बड़ों से तो
फिर बच्चों में खेला कर।

प्यार की अपनी आंखें हैं
देख ही लेगा देखा कर।

जन्नत किसने देखी है
जीवन जन्नत जैसा कर।

बड़े-बड़ों को ज्ञान मिला उन बच्चों की नादानी से
काग़ज़ की जो नाव लड़ाते खेल-खेल में पानी से।

फूलों की बस्ती में आकर अपना हुनर ही भूल गए
हम ही थे जो चुन लेते थे कांटों को आसानी से।

सीधा-सच्चा कहने पर भी कोई समझ ले तब तो ठीक
आज कहां वे लोग जो दिल को पढ़ते थे पेशानी से।

चोंच जो प्यासी होती तो पानी से लहरें उठती थीं
आंखों देखे सच लगते हैं अब तो किसी कहानी से।

सोच-सोच कर हैरत में हूं कौन-सी मुझसे भूल हुई
सच्ची बात कही तो सबने देखा क्यूं हैरानी से।

रोहिताश्व अस्थाना

जन्म : 1.12.1949,
अटवा अली मर्दनपुर,
हरदोई (उ.प्र.)

शिक्षा : एम.ए. (हिंदी), बी.एड., पी-एच.डी.

वृत्ति : अध्यापन

प्रकाशन : हिंदी ग़ज़ल : उद्भव और विकास (शोध ग्रंथ) इस विधा का सर्वप्रथम शोध, बांसुरी विस्मित है (ग़ज़ल संग्रह) जल तरंग बजते हैं (प्रणय गीत-संग्रह) मांझी (खंड काव्य) माटी की गंध, चांदी की चूड़ियां (उपन्यास) बाल साहित्य की लगभग तीन दर्जन कृतियां प्रकाशित

संपादित : नवीनतम हिंदी ग़ज़लें, बहुरंगी हिंदी ग़ज़लें, इंद्रधनुषी ग़ज़लें, प्रतिनिधि हिंदी ग़ज़लें, हिंदी ग़ज़ल पंचरशी (पांच भागों में), हिंदी ग़ज़ल के कुशल चितेरे (दो भागों में)

: बाल साहित्य के क्षेत्र में—चुने हुए बालगीत (दो भागों में), चुनी हुई बाल कहानियां (बालकथा संग्रह), चुने हुए बाल एकांकी (बाल एकांकी संग्रह), नन्हीं कविताएं (तीन भाग) आदि!

पुरस्कार	:	उ.प्र. हिंदी संस्थान, लखनऊ के 'बाल साहित्य भारती' पुरस्कार सहित दर्जनों पुरस्कारों से सम्मानित!
विशेष	:	इनके जीवन और साहित्य पर अब तक तीन शोधकार्य हो चुके हैं।
संपर्क	:	ऐकान्तिका, निकट-बावन चुंगी चौराहा, हरदोई-241001 (उ.प्र.)
दूरभाष	:	05852-232392

दर्द का इतिहास है हिंदी ग़ज़ल।
एक शाश्वत प्यास है हिंदी ग़ज़ल।

प्रेम, मदिरा, रूप की बातों भरी–
अब नहीं बकवास है हिंदी ग़ज़ल।

आदमी के साथ नंगे पांव ही–
ढो रही संत्रास है हिंदी ग़ज़ल।

आदमी की ज़िंदगी का आईना।
पेश करती खास है हिंदी ग़ज़ल।

हर बहर, हर छंद में, नव कथ्य का–
दे रही आभास है हिंदी ग़ज़ल।

गुनगुनाओ दोस्तों हर हाल में–
आज दिल के पास है हिंदी ग़ज़ल।

काव्य की चर्चित विधा बन जाएगी–
एक दृढ़ विश्वास है हिंदी ग़ज़ल।

चंद्रमा की चांदनी हो तुम।
पूर्णिमा की यामिनी हो तुम।

पास मेरे इस तरह बैठो—
मेघ में ज्यों दामिनी हो तुम।

कामना जागे जिसे लखकर—
मेरी कोमल कामिनी हो तुम।

मैं मनाता ही रहूं जिसको—
वह मधुरतम मानिनी हो तुम।

एक पत्थर को किया हीरा—
स्पर्श से बड़भागिनी हो तुम।

मेरी ग़ज़लें बंध गईं जिसमें—
वह अनोखी रागिनी हो तुम।

उम्र भर देखा करूंगा मैं—
हे प्रिये, प्रियदर्शिनी हो तुम।

तुम्हारी याद को दिल से लगाए बैठे हैं।
हसीन ख्वाब का इक घर सजाए बैठे हैं।

तमाम उम्र ग़ज़ाला की तरह गुज़री है—
तुम्हारे दर्द को अपना बनाए बैठे हैं।

कि मेरी ज़िंदगी कट जाए तेरे पहलू में।
ये आरज़ू तुम्हें कब से बताए बैठे हैं।

तुम्हारे जाने से महताब दिल का डूब गया—
तलाश में तेरी शम्मा जलाए बैठे हैं।

तरस गईं हैं तुम्हें देखने को ये आंखें—
थकी-थकी हैं पर पलकें उठाए बैठे हैं।

तुम्हीं ग़ज़ल हो, बहर का हसीन बंधन हो—
तुम्हारे साथ ही दिल को लगाए बैठे हैं।

आपसे मिलकर मुझे अच्छा लगा।
प्यार का तेवर मुझे अच्छा लगा।

आपसे संवेदनाएं यों मिलीं–
पत्थरों का घर मुझे अच्छा लगा।

आपका बेदाग चेहरा ऐ सनम–
चांद से बढ़ कर मुझे अच्छा लगा।

ज़िंदगी भर धूप को सहते हुए–
छांव में रुककर मुझे अच्छा लगा।

आपके संग प्यार से चलते हुए–
राह में पलभर मुझे अच्छा लगा।

दर्द का ज्वालामुखी उर पर लिए–
याद में रोकर मुझे अच्छा लगा।

आप जब गाने चलीं मेरी ग़ज़ल–
बांसुरी का स्वर मुझे अच्छा लगा।

आपसे बोलने को मन करता।
दिल सदा आपको नमन करता।

ख्याल में आपके सुबह उठता–
याद में आपकी शयन करता।

आपका रूप चांद सा लगता–
केश बन गर्व श्याम-घन करता।

आपसे पंख प्रेरणा के पा–
काव्य-पंछी विजित गगन करता।

दर्द जो आपने दिया मुझको–
कौन बिन आपके शमन करता।

हर समय आपकी कमी खलती–
अंततः अश्रुमय नयन करता।

काश! इस ज़िंदगी के उपवन में–
फूल सा आपका चयन करता।

दर्द का दरिया समंदर हो गया।
जब से कोई दिल के अंदर हो गया।

कैसे जनता हो सुखी यह सोचिए–
जबकि हर सेवक सिकंदर हो गया।

भावनाओं की कोई कीमत नहीं–
जब से महंगा ईंट-पत्थर हो गया।

इश्क का यह रोग क्यों जाता नहीं–
उम्र का जलयान जर्जर हो गया।

मोह-माया में फंसा यह आदमी–
नाच करता आज बंदर हो गया।

ग़ज़ल का वर्चस्व हिंदी में बढ़ा–
क्योंकि उसका तल्ख़ तेवर हो गया।

पत्थरों का शहर, पत्थरों की ज़ुबां!
तुमको पूछें कहां, तुमको ढूंढें कहां?

तुमको देखा तो सौ-सौ बहारें खिलीं–
तुम हो जाने-ग़ज़ल, या कोई कहकशां।

हमने तिनके चुने प्यार की छांव में–
आशियां लूटकर मुस्कराए ख़िज़ां।

दर्द देकर हमें, तुम हुए लापता–
किससे पूछें तुम्हारी सनम दास्तां।

हर अदा पर तुम्हारी, हुए हम फ़िदा–
है कसम अब न लो तुम मेरा इम्तिहां।

आंसुओं का समंदर है इस आंख में–
बनके कश्ती उतर आओ जाने-ज़हां।

हम तरसते रहेंगे, यूं ही प्यार को–
इस ज़हां, उस ज़हां और जाने कहां?

खून के आंसुओं से रोती है!
ज़िंदगी कितनी अजीब होती है।

बोलने को न जिनसे दिल चाहे—
आशनाई उन्हीं से होती है।

प्रेम की पीर अश्रु की धारा—
गीत-ग़ज़लों के बीज बोती है।

क्या से क्या हो गया वतन अपना—
भोली जनता यहां की सोती है।

आ के इक बार देख जाओ तो—
वेदना दिल में कहां होती है।

चांद शेरी

जन्म	:	8 जुलाई, 1966
कृति	:	'ज़र्द पत्तें हरे हो गए' (ग़ज़ल संग्रह), देश की प्रतिष्ठित पत्र-पत्रिकाओं में रचनाएं प्रकाशित।
प्रसारण	:	दूरदर्शन, आकाशवाणी से नियमित प्रसारण। अखिल भारतीय कवि सम्मेलन व मुशायरों में भागीदारी।
संपादक	:	संवाद, अभिव्यक्ति चिदम्बरा में संपादन सहयोग एवं विकल्प, श्रीभारतेन्दु समिति, सारंग साहित्य, काव्य-मधुबन, ज्ञान भारती, चंबल साहित्य संगम, बज़्में अदब आदि की साहित्यिक-सांस्कृतिक संस्थाओं में महत्वपूर्ण भूमिका।
सम्मान-पुरस्कार	:	राजस्थान साहित्य अकादमी का सुमनेश जोशी पुरस्कार, डॉ. भीमराव अम्बेडकर समिति द्वारा 'फेलोशिप सम्मान', जेमिनी अकादमी, हरियाणा द्वारा ग़ज़ल सम्मान, नगर निगम, कोटा से कौमी एकता अवार्ड।

सम्प्रति : निजी व्यवसाय
सम्पर्क : के-30, आई.पी.आई.ए., रोड नं. 1,
कोटा-324005 (राजस्थान)
मोबाइल : 098290-98530
ई-मेल : chandsheri@yahoo.com.in

तू न अमृत का पियाला दे हमें
सिर्फ़-रोटी का निवाला दे हमें।

जिस को पढ़कर एक हों अहले वतन
वो मुहब्बत का रिसाला दे हमें।

ढूंढ ले ज़ुल्मत मे मंज़िल के निशां
या ख़ुदा इतना उजाला दे हमें।

सीख पाएं हम जहां इंसानियत
कोई ऐसी पाठशाला दे हमें।

एक दर हो एक जिनका आस्तां
ऐसी मस्जिद दे शिवाला दे हमें।

दिल मगर उजला हो पारस की तरह
जिस्म गोरा दे कि काला दे हमें।

और कुछ चाहे न दे 'शेरी' मगर
शायरी का फ़न निराला दे हमें।

ख़ुश्क मौसम रुत सुहानी ले गया
चहचहाती ज़िंदगानी ले गया।

मंदिरों का मस्जिदों का आदमी
बस्तियों की शादमानी ले गया।

नागफनियों का हमें देकर फ़रेब
वो हमारी रात-रानी ले गया।

बन के दाता इक भिखारन का कोई
चंद सिक्को में जवानी ले गया।

या ख़ुदा कोई लुटेरा लूट कर
मेरे दिल की राजधानी ले गया।

ख़त का मज़्मूं भांपने वाला कोई
प्यार के क़िस्से-कहानी ले गया।

अब कहां 'शेरी' वो मंज़िल के निशां
आके तूफ़ां हर निशानी ले गया।

इरादे की अटल चट्टान देगा
हमें ख़ुद हौसला तूफ़ान देगा।

वो दिन कब आएगा जब वक़्त हमको
हमारी गुमशुदा मुस्कान देगा।

मेरे मोती से जानो-दिल के बदले
मुझे अश्कों का वो वरदान देगा।

कहां अब पॉप म्यूज़िक का ज़माना
किशन की बांसुरी की तान देगा।

धरम कोई भी हो देगा मुहब्बत
मुहब्बत ही हमें ईमान देगा।

उसे हम अम्न का पैग़ाम देंगे
हमें जो जंग का मैदान देगा।

लहू बहता है जो दुनिया में 'शेरी'
वो तेरी नज़्म को उनवान देगा।

कोई दाता-अमीर ढूंढेंगे
शहर में क्या फ़कीर ढूंढेंगे।

मोतबर रहनुमा नहीं कोई
राह ख़ुद राहगीर ढूंढेंगे।

हम नए दौर की किताबों में
ख़ाक तुलसी-कबीर ढूंढेंगे।

बिक गया है जो चंद सिक्कों में
उसमें हम क्या ज़मीर ढूंढेंगे।

ये तो शतरंज है सियासत की
गोटियां ख़ुद वज़ीर ढूंढेंगे।

पीर अपनी भुला के हम 'शेरी'
दीन-दुखियों की पीर ढूंढेंगे।

उनको या रब इन बलाओं से बचा
दुल्हने जलती चिताओं से बचा।

खुल गई हैं अब हक़ीक़त चांद की
हमको परियों की कथाओं से बचा।

नाव काग़ज़ की बना कर ले चले
या ख़ुदा इन नाख़ुदाओं से बचा।

शोला बन जाए न चिंगारी कहीं
उसको नफ़रत की हवाओं से बचा।

तन के उजले मन के काले नाग जो
उन बज़ाहिर देवताओं से बचा।

जो बढ़ाएं प्यास इसकी और भी
इस ज़मीं को उन घटाओं से बचा।

भंग कर दें जो तपस्याएं तमाम
'शेरी' ऐसी अप्सराओं से बचा।

सहमी-सहमी है सड़क पर ज़िंदगी
हादसों ने की है दूभर ज़िंदगी।

यूं घिरी है दायरे में वक़्त के
क़ैद लगती है कलैंडर ज़िंदगी।

रिस रहा है आदमी नासूर सा
सड़ रही है कोढ़ बनकर ज़िंदगी।

हर तरफ़ गहरी नशीली साज़िशें
बन गई हर गाम तस्कर ज़िंदगी।

झोपड़ों में सांस लेना भी कठिन
और महलों में मुअत्तर ज़िंदगी।

रहके उसने कातिलों के शहर में
की बसर बनकर कलंदर ज़िंदगी।

हों दिलों से दूर 'शेरी' नफ़रतें
वर्ना होगी बद से बदतर ज़िंदगी।

सौदेबाज़ी में महाजन की तरह
आदमी बिकता है कतरन की तरह।

मांग उजड़ी भर के दिल वाला कोई
ले गया घर उसको दुल्हन की तरह।

वो तो मीरा ही थी दीवानी कोई
जो रही महलों में जोगन की तरह।

ज़िंदगी ये मैली चादर फेंक दे
या इसे धो जाके धोबन की तरह।

कांच के घर को न पत्थर हाथ का
तोड़ दे मिट्टी के बरतन की तरह।

हो गया दीवाना उसका इस क़दर
मुझको है रसख़ान मोहन की तरह।

टूट कर बिखरें न हम 'शेरी' कहीं
देखना इक टूटे दरपन की तरह।

एक लम्बी क़तार बाक़ी है
मुफ़लिसों की पुकार बाक़ी है।

सूद ही सूद में बिका सब कुछ
जो लिया था उधार बाक़ी है।

क़त्ल मासूम हो गए लाखों
फिर भी ख़ंजर की धार बाक़ी है।

नींद तो उड़ गई धुआं बन कर
जलती-बुझती सिगार बाक़ी है।

रौनकें कारवां के साथ गईं
धूल उड़ाता गुबार बाक़ी है।

बस यही ग़म-गुसार है मेरा
हाथ में जो सितार बाक़ी है।

आदमीयत तो मर गई 'शेरी'
अब तो उसका मज़ार बाक़ी है।

नीरज

जन्म : 4 जनवरी, 1925
(ग्राम-पुरावली, इटावा, उ.प्र.)

प्रकाशन : संघर्ष (1944), अंतर्ध्वनि (1946), विभावरी (1959), प्राणगीत (1951), दर्द दिया है (1955), बादर बरस गयो (1956), गीत भी अगीत भी (1960), नदी किनारे (1961), लहर पुकारे (1962), कारवां गुज़र गया (1962), तुम्हारे लिए (1963), फिर दीप जलेगा (1970), नीरज की गीतिकाएं (1992), बंशीवट सूना है (1994), नीरज रचनावली-तीन खंड (1994), नीरज दोहावली (2002), हमारे लोकप्रिय गीतकार-गोपालदास नीरज (सं. शेरजंग गर्ग), बादलों से सलाम लेता हूं (2004), पंत : काव्य-कला और दर्शन, नीलपंखी (मौरिस मैटलिंग के नाटक ब्ल्यू बर्ड का अनुवाद), लिख-लिख भेजत पाती (पत्र-संकलन) आदि के अतिरिक्त अनेक पुस्तकों का संपादन।

सम्मान : महामहिम राष्ट्रपति द्वारा 'पद्मश्री' तथा 'पद्मभूषण' के साथ ही टैगोर वाचस्पति (जयपुर), साहित्य वाचस्पति (साहित्य सम्मेलन, प्रयाग), विद्या वाचस्पति (विक्रमशिला हिंदी विद्यापीठ,

भागलपुर), डी-लिट्. (मानद) बी.आर. अंबेडकर विश्वविद्यालय तथा लखनऊ विश्वविद्यालय द्वारा, सर्वश्रेष्ठ गीतकार का फ़िल्म फेयर अवार्ड-1969, हिंदी संस्थान सम्मान (21,000/-), हिंदी-उर्दू अकादमी सम्मान (10,000/-), उ.प्र. सरकार का यशभारती सम्मान-94 (एक लाख रुपए), उ.प्र. हिंदी संस्थान का हिंदी गौरव सम्मान- 2004 (दो लाख रुपए) के साथ ही असंख्य राष्ट्रीय-अंतर्राष्ट्रीय सम्मान व सम्मानोपाधियां।

विशेष : सन् 1942 से 1955 (सरकारी-ग़ैर सरकारी) सेवाओं के पश्चात् सन् 1955 से सन् 1970 तक स्नातकोत्तर मेरठ महाविद्यालय, धर्मसमाज महाविद्यालय अलीगढ़ में अध्यापन। मंगलायतन यूनिवर्सिटी के वाइस चांसलर। उ.प्र. भाषा आयोग के पूर्व अध्यक्ष।

फ़िल्म : प्रेम पुजारी, कन्यादान, शर्मीली, पहचान, मेरा नाम जोकर आदि शताधिक फ़िल्मों में गीत-लेखन, जिनमें से अधिकांश अत्यधिक लोकप्रिय।

विदेश यात्राएं : अमेरिका, कनाडा, आस्ट्रेलिया, यू.के., नेपाल आदि विश्व के प्रायः उन सभी देशों की काव्य-यात्रा जहां कि हिंदी के साथ, हिंदी-कविता की पहुंच है।

संपर्क : 47, जनकपुरी, मैरिस रोड, अलीगढ़-202127

मोबाइल : 09412671777

जब चले जाएंगे हम लौट के सावन की तरह,
याद आएंगे प्रथम प्यार के चुंबन की तरह।

ज़िक्र जिस दम भी छिड़ा उनकी गली में मेरा
जाने शरमाए वो क्यों गांव की दुल्हन की तरह!

मेरे घर कोई ख़ुशी आती तो कैसे आती?
उम्र-भर साथ रहा दर्द महाजन की तरह।

कोई कंघी न मिली जिससे सुलझ पाती वो
ज़िंदगी उलझी रही ब्रह्म के दर्शन की तरह।

दाग़ मुझमें है कि तुझमें पता तब होगा,
मौत जब आएगी कपड़े लिए धोबन की तरह।

हर किसी शख़्स की क़िस्मत का यही है क़िस्सा,
आए राजा की तरह, जाए वो निर्धन की तरह।

जिसमें इंसान के दिल की न हो धड़कन 'नीरज'
शायरी तो है वो अख़बार की कतरन की तरह।

हम तेरी चाह में ऐ यार! वहां तक पहुंचे
होश ये भी न जहां है कि कहां तक पहुंचे।

इतना मालूम है ख़ामोश है सारी महफ़िल
पर न मालूम ये ख़ामोशी कहां तक पहुंचे।

वो न ज्ञानी, न वो ध्यानी, न बिरहमन, न वो शेख़
वो कोई और थे जो मेरे मकां तक पहुंचे।

इक सदी तक न वहां पहुंचेगी दुनिया सारी
एक ही घूंट में मस्ताने जहां तक पहुंचे।

एक इस आस पे अब तक है मेरी बंद जुबां
कल को शायद मेरी आवाज़ वहां तक पहुंचे।

चांद को छूके चले आए हैं विज्ञान के पंख
देखना ये है कि इंसान कहां तक पहुंचे।

खुशबू सी आ रही है इधर ज़ाफ़रान की
खिड़की खुली है ग़ालिबन उनके मकान की।

हारे हुए परिंदे जरा उड़के देख तो
आ जाएगी जमीन पे, छत आसमान की।

बुझ जाए सरेशाम ही जैसे कोई चिराग़
कुछ यूं है शुरुआत मेरी दास्तान की।

ज्यों लूट लें कहार ही दुलनि की पालकी
हालत यही है आजकल हिंदोस्तान की।

औरों के घर की धूप उसे क्यों पसंद हो
बेची हो जिसने रोशनी अपने मकान की।

ज़ुल्फ़ों के पेचो-ख़म में उसे मत तलाशिए
ये शायरी ज़ुबां हैं किसी बेज़ुबान की।

'नीरज' से बढ़के और धनी कौन है यहां
उसके हृदय में पीर है सारे जहान की।

अब के सावन में शरारत ये मेरे साथ हुई,
मेरा घर छोड़ के कुल शहर में बरसात हुई।

आप मत पूछिए क्या हमपे सफ़र में गुजरी?
था लूटेरों का जहां-गांव वहीं रात हुई।

ज़िंदगी-भर तो हुई गुफ़्तगू ग़ैरों से मगर
आज तक हमसे हमारी न मुलाकात हुई।

हर गलत काम पर रोका है किसी ने मुझको
एक आवाज़ तेरी जब से मेरे साथ हुई।

यूं ही ये बाग़ ये जंगल होंगे
हम हैं पंछी न यहां कल होंगे।

पहले ऐसी तो उमस थी न कभी
लगता है ज़ोर के बादल होंगे।

अब तो मैदान में आना होगा
प्रश्न कागज़ पे' न ये हल होंगे।

फूल उतना ही वो नाज़ुक होगा
जिसमें जितने ही अधिक दल होंगे।

हमने इक गांव में रोपा था जिन्हें
उन दरख़्तों में तो अब फल होंगे

वो न मुंह खोल के बाहर निकलें
लोग बेकार ही पागल होंगे।

आज जी भर के बहक लो 'नीरज'
फिर ये घूंघट न ये आंचल होंगे।

एक जुग बाद शबे-ग़म की सहर देखी है
देखने की न थी उम्मीद मगर देखी है।

जिसमें मज़हब के हर इक रोग का लिक्खा है इलाज
वो किताब हमने किसी रिन्द के घर देखी है।

खुदकुशी करती है आपस की सियासत कैसे
हमने ये फ़िल्म नई खूब इधर देखी है।

दोस्तों! नाव को अब खूब संभाले रखियो।
हमने नज़दीक ही इक ख़ास भंवर देखी है।

उसको क्या ख़ाक शराबों में मज़ा आएगा
जिसने इक बार भी वो शोख़ नज़र देखी है।

जो उठाती थी न सर अपने बड़ों के आगे
हमने तहज़ीब वो अब तो न इधर देखी है।

तुम समझ जाओगे क्या चीज़ है भारत माता
तुमने बेटी किसी निर्धन की अगर देखी है।

ज़िंदगी से निबाह करना पड़ा
इसलिए ही गुनाह करना पड़ा।

वक़्त ऐसा ही हम प' गुज़रा जब
आह भर-भरके वाह करना पड़ा।

उनकी महफ़िल में रोशनी के लिए
कितनों को आत्मदाह करना पड़ा।

अर्थ-वेदी प' भावनाओं को
आंसुओं से विवाह करना पड़ा।

दिल के क़ानून की अदालत में
ग़म को अपना गवाह करना पड़ा।

चंद गीतों की ज़िंदगी के लिए
ज़िंदगी को तबाह करना पड़ा।

गगन बजाने लगा जल-तरंग फिर यारो!
कि भींगे हम भी ज़रा संग-संग फिर यारो!

यह रिमझिमाती निशा और ये थिरकता सावन
है याद आने लगा इक प्रसंग फिर यारो!

किसे पता है कि कब तक रहेगा ये मौसम
रखा है बांध के क्यों मन-कुरंग फिर यारो!

उमड़-घुमड़ के जो बादल घिरा अटारी पर
विहंग बन के उड़ी इक उमंग फिर यारो!

कहीं प' कजली कहीं तान उठी बिरहा की
हृदय में झांक गया इक अनंग फिर यारो!

पिया की बांह में सिमटी है इस तरह गोरी
सभंग श्लेष हुआ है अभंग फिर यारो!

जो 'रंग' गीत का 'बलबीर' जी के साथ गया
न हमने देखा कहीं वैसा 'रंग' फिर यारो!

●●●